Le
Livre
de
Poche
Jeunesse

La bibliothécaire

Gudule

Anne Duguël, dite Gudule, est née à Bruxelles en 1945.
Après des études d'arts déco en Belgique, elle passe cinq ans
comme journaliste au Moyen-Orient. Revenue en France,
elle collabore à divers magazines et fait de la radio, animant
notamment une émission sur la bande dessinée. Elle écrit
aujourd'hui pour les adultes et la jeunesse. Ses romans rencontrent
un immense succès et ont souvent été couronnés de prix.

Du même auteur :

- Zoé la trouille (4 tomes)
- Barbès Blues
- La vie à reculons
- L'envers du décor
- La fille au chien noir
- Après vous, M. de La Fontaine...
- T'es une sorcière, maman ?
- Ne vous disputez jamais avec un spectre

GUDULE

La bibliothécaire

Illustrations :
Christophe Durual

En hommage
aux bibliothécaires et aux documentalistes,
pour leur remarquable travail
auprès des jeunes,
dans l'approche du livre-plaisir.

1

« Guillaume ? »

Pas de réponse. Affalé sur sa table, la tête posée sur ses bras repliés, Guillaume dort comme un bébé.

« Guillaume ! Je te signale que tu ronfles ! »

Toute la classe éclate de rire, ce qui tire le ronfleur en question de sa somnolence. Il sursaute, ouvre les yeux, se redresse, regarde autour de lui d'un air stupide. Et se retrouve nez à nez avec M. Pennac, son prof de français.

« Je vois avec plaisir que tu reviens parmi nous », commente ce dernier, le sourire moqueur.

Puis, s'adressant aux autres :

« Si nous demandions à ce jeune homme, qui s'est

sûrement couché trop tard hier, de nous raconter les rêves qu'il vient de faire ? Je suis sûr que c'est très intéressant ! »

Brouhaha approbateur. Les élèves de cinquième apprécient, de toute évidence, l'humour narquois de leur professeur.

« Mais... monsieur..., bredouille l'intéressé.

— Il n'y a pas de "mais" ! Monte sur l'estrade et vas-y, nous t'écoutons. »

En somnambule, Guillaume obéit. Ses idées ne sont pas très nettes. Des points lumineux – résidus des images imprimées par le sommeil sur sa rétine – brouillent encore sa vue, et il a la bouche pâteuse.

« Ça comptera pour tes points d'expression orale ! précise M. Pennac.

— Moi, ma grand-mère, elle a le don d'expliquer les rêves ! glisse Naïma à Laurence, sa voisine. Et même, elle peut prédire l'avenir !

— J'y crois pas, c'est de la blague ! » répond Laurence, péremptoire.

Naïma hausse les épaules et se renfrogne.

Debout devant le tableau noir, Guillaume tangue d'un pied sur l'autre. Il est vraiment très mal à l'aise. Tous ces visages levés vers lui, à l'affût de ses paroles, lui donnent le vertige. Oh, le face-à-face angoissant du conférencier avec son auditoire ; l'instant suprême où l'acteur, grelottant de trac, s'apprête à lancer sa première réplique !

« Faut que je me décide ! » pense Guillaume, l'estomac noué.

Doudou, son meilleur copain, lui fait des signes d'encouragement à la mode « rappeur ». Gestes saccadés, mimiques-chocs, il ne s'exprime quasiment qu'en dansant. Même les mots tressautent sur ses lèvres à un rythme syncopé :

« Fonce-mooon-frère ! » fredonne-t-il.

M. Pennac, installé au dernier rang, à côté de Cédric-le-cancre, a sorti son cahier de notes.

« Eh bien, Guillaume ? Tu as perdu ta langue ? »

« Peau de vache ! » ronchonne Guillaume en son for intérieur. Et, rassemblant toute son énergie, il se jette à l'eau.

« Il est minuit, je n'ai pas sommeil, dit-il.

— Bravo, bon début ! » applaudit Doudou.

D'un froncement de sourcils, le prof lui impose silence.

« Par la fenêtre de ma chambre, je regarde la rue. Il pleut. La lune est cachée par de gros nuages. Heureusement qu'il y a des réverbères, sinon ce serait l'obscurité totale.

— Quelle ambiance ! murmure Cédric, séduit.

— Moi, ma grand-mère... », commence Naïma.

Des « chut ! » impérieux la font taire.

« Dans l'immeuble d'en face, une vieille dame écrit. Tous les soirs, tous les soirs sans exception, cette vieille dame écrit. Je la vois en ombre chinoise derrière ses rideaux. Une lampe rose est posée sur son bureau, et reste toujours allumée très tard. Sa fenêtre est la dernière à être éclairée, et au milieu de la grande façade sombre, on dirait un écran de télé. Quelquefois, la vieille dame se lève, disparaît à l'intérieur de l'appartement, puis revient avec un plateau. Elle se réinstalle, boit son thé – ou son café – et se remet au travail.

— Qu'est-ce qu'il raconte bien ! s'émerveille Mélanie, la tête appuyée sur ses poings et l'œil perdu dans le vague.

— Mes parents ne se doutent pas de ce que je fais, évidemment ! Ils me croient au lit depuis long-temps !

— Qu'est-ce que tu lui trouves de si intéressant, à cette bonne femme ? s'étonne Mathieu. Si c'était une pin-up, je comprendrais que tu passes des heures à l'observer, mais une grand-mère ! »

Sans tenir compte de la remarque, Guillaume poursuit :

« Je bâille. Je commence à avoir envie de dormir, mais je résiste. Pas question que je me couche avant...

— ... Avant quoi ? s'écrient plusieurs voix en chœur.

— ... avant que la vieille dame n'ait éteint.

— Pourquoi ? s'étonne Naïma.

— Arrête-donc-un-peu-de-poser-des-queees-

12

tions,-sister-t'es-pas-daaans-l'ton !-Yo !-Écoute-un-peu-ce-que-Guillaume-a-àààà-dire,-ou-alors-tu-nous-laisses-et-tuuu-t'tires ! » lance Doudou en claquant dans ses doigts.

Vexée, Naïma hausse les épaules et tire la langue. Le conteur en profite pour reprendre son récit :

« Enfin, elle se lève et range ses papiers. Elle tend la main vers la lampe, la pièce devient noire. Quelques minutes passent, puis le portail de l'immeuble s'ouvre. Une jeune fille se glisse dehors. Ses cheveux dansent sur ses épaules. Elle se met à courir et disparaît bientôt au bout de la rue. Et moi je reste là, tout triste. Il me faudra patienter jusqu'à demain avant de la revoir. »

Guillaume se tait. Personne ne bronche : tous les élèves attendent la suite. La magie du récit les habite. Mélanie a les yeux pleins d'étoiles, Naïma sourit aux anges, Doudou mâche frénétiquement son chewing-gum, Cédric ronge son stylo-bille.

« Et alors ? demande Mathieu.

— C'est fini, dit Guillaume.

— Comment "c'est fini"?

— Tu ne cours même pas après la fille ?

— Tu n'essaies pas de la rejoindre, de lui parler ?

— Non, avoue Guillaume. M. Pennac m'a réveillé trop tôt. Mais dans un autre rêve, peut-être... »

Une salve d'applaudissements salue cette conclusion.

« Pas mal, pas mal du tout, même ! apprécie le professeur. Tu t'es bien rattrapé, mon garçon ! Ça va faire un peu remonter ta moyenne, qui en a bien besoin. Dommage que tu ne sois pas aussi bon à l'écrit qu'à l'oral ! À présent, retourne à ta place, et la prochaine fois, même si cela t'inspire de jolies histoires, évite de dormir pendant les cours ! »

À la récréation suivante :

« Super-délire,-mon-pote,-j'ai-adooo-ré ! Embarqu'-nous-plus-souvent-dans-tes-rêves,-hééé-hé ! » s'exclame Doudou, enthousiaste.

Un frémissement bizarre parcourt le visage de Guillaume.

« Ce délire-là, comme tu l'appelles, je le vis toutes les nuits depuis presque trois semaines ! Mais pas en rêve, en vrai. »

L'autre ouvre des yeux aussi ronds que des billes, et, de surprise, se met à parler comme tout le monde :

« La fille aux longs cheveux existe réellement ? »

Guillaume hoche la tête.

« Et ce soir, je lui parle ! » ajoute-t-il, pour lui-même.

2

Devant la fenêtre ouverte – au risque d'attraper un rhume ! –, l'adolescent trépigne. Les heures passent avec une lenteur désespérante. La vieille dame ne se décidera-t-elle donc jamais à se coucher ? Elle écrit, écrit, écrit encore. Sans fatigue, dirait-on. Sans lassitude. À son âge, pourtant, on a besoin de repos !

Pour la première fois de sa vie, Guillaume se ronge les ongles.

Cependant, comme tout finit par arriver, même les choses qu'on attend le plus, la lampe rose s'éteint enfin. Il est presque une heure du matin.

Guillaume retient son souffle. Son cœur bat à tout

rompre. Ses paupières, si lourdes un instant aupa-
ravant, sont maintenant écarquillées.

Quelques minutes s'écoulent, interminables.
Dans le lointain, un cri s'élève. Le garçon fris-
sonne. Est-ce la rumeur d'un crime, d'une
agression nocturne, ou simplement l'écho d'un
cauchemar ?

Au même moment, un rayon de lune traverse les
nuages. Sa clarté blafarde fait surgir du néant un
porche immobile, un trottoir désert, la carcasse
dépouillée d'un arbre, et éclaire la scène de plein
fouet.

Guillaume fixe si intensément le portail de
l'immeuble, que l'image se brouille.

« Ah ! » s'exclame-t-il soudain.

Une décharge électrique lui crispe les orteils,
rayonne jusqu'à son estomac : le portail s'ouvre.
La jeune fille aux longs cheveux s'en échappe.

Guillaume emplit ses poumons d'air.

« Hé ! Mademoiselle ! »

L'appel déchire la nuit urbaine, mais la jeune fille
ne se retourne pas. Elle semble trop pressée pour se
laisser distraire, et comme d'habitude, part en courant.

Elle ne doit pas avoir plus de quinze ans. Une
grande cape noire l'enveloppe du cou aux che-
villes, ne laissant dépasser que ses chaussures :

des escarpins à talons hauts, terriblement démodés.

Les petits pieds chaussés de ces escarpins-là claquent à toute vitesse sur le pavé mouillé : « tac-tac, tac-tac » ; marteaux de xylophone.

« Mademoiselle ! Mademoiselle ! » s'égosille Guillaume en pure perte.

Ou elle n'entend pas, ou elle ne VEUT PAS entendre. Ses mèches brunes tressautent dans son dos au rythme de sa course. Elle ne va pas tarder à tourner le coin de la rue.

Un instant décontenancé, Guillaume se ressaisit très vite. Par chance, il est encore habillé, ça lui fera gagner du temps. Le plus silencieusement possible, il quitte sa chambre.

Pas un bruit, dans la maison. Ses parents dorment certainement. Il décroche son blouson, l'enfile, et sur la pointe des pieds gagne la porte d'entrée. Puis, une fois dehors, il se précipite sur les traces de la mystérieuse inconnue.

Elle a déjà atteint l'avenue Émile-Zola.

« Tac-tac, tac-tac » font ses talons dans le silence nocturne.

« Mademoiselle ! »

Elle longe le square, remonte vers la mairie. Lorsqu'elle passe sous les réverbères, la lumière ruisselle dans ses cheveux.

Guillaume commence à s'essouffler. Parole, il n'a jamais vu une fille courir comme ça !

Cent mètres plus haut se dresse la bibliothèque, imposant bâtiment du début du siècle, auquel on accède par un escalier. Sans hésiter, la jeune fille l'emprunte.

Où va-t-elle donc ? C'est fermé, à cette heure !

Laissant l'entrée principale sur sa gauche, elle contourne l'édifice et Guillaume la perd de vue. Quand il y parvient à son tour, elle a disparu.

Il la cherche des yeux dans les ténèbres alentour, scrute en vain la nuit qui l'environne. Et n'aperçoit qu'une petite porte.

Une insignifiante petite porte, dans le flanc de la bibliothèque.

Sans grand espoir, il tourne la poignée. La porte s'ouvre.

« Tac-tac » font les talons, très loin, dans les profondeurs des couloirs.

Guidé par le bruit, Guillaume reprend la poursuite.

Un labyrinthe de corridors s'enfonce dans l'obscurité. Çà et là, de hautes fenêtres répandent une faible clarté. Leurs reflets, rectangles blêmes projetés sur le sol, dessinent les cases d'une étrange marelle, que Guillaume, malgré sa hâte, évite de piétiner.

Quels êtres invisibles y sautaient à cloche-pied, avant son arrivée ? De quels fantômes a-t-il interrompu le jeu ?

Un frisson le parcourt de la tête aux pieds.

Tout au bout, les petits pas s'estompent peu à peu.

Malgré la peur qui maintenant lui tenaille le ventre, Guillaume s'obstine, et c'est hors d'haleine qu'il parvient à ce qui semble être le fond du couloir.

Le fond ? Non, le couloir tourne et aboutit dans une immense pièce, violemment éclairée. Les yeux de l'adolescent, habitués à la pénombre, clignent douloureusement tandis qu'il y pénètre.

L'endroit est extraordinaire : des rayonnages couvrent les murs et s'alignent les uns derrière les autres, formant d'étroites allées. Combien y a-t-il de livres, ici ? Dix mille, cent mille, un million ? Une odeur de vieux papier, à la fois âcre et doucereuse, émane du fantastique amas d'ouvrages, dont certains ont plus d'un siècle. Couvertures de cuir, de tissu, de carton, aux tranches dorées ; parchemins roulés ; éditions rares et volumes populaires pleins de naïves illustrations ; tout le savoir du monde semble rassemblé ici.

La somme des connaissances humaines emplit cette salle, noyau lumineux au cœur de la bâtisse obscure. Et ce noyau, par le plus grand des hasards, Guillaume vient d'y avoir accès.

Même lorsqu'on n'aime pas lire – et il n'existe pas de plus mauvais lecteur que Guillaume : à part la BD, tout ce qui est inscrit sur du papier lui donne des boutons ! –, un lieu pareil vous impressionne. C'est donc la gorge nouée et sur la pointe des pieds que le garçon pénètre dans le sanctuaire.

Où est passée la jeune fille ? Quelque part au milieu de ces archives, sans doute.

Mais comment la trouver ?

L'appeler, c'est la seule solution.

« Houhou, mademoiselle ! »

La voix de Guillaume résonne si bizarrement, à la fois étouffée par les livres et répercutée par d'insolites échos, qu'il en a la chair de poule. Il insiste, cependant :

« Mademoiselle ! Mademoiselle ! Répondez-moi ! »

Un « chut ! » agressif, derrière lui, le fait sursauter.

La fuyarde aux longs cheveux, les yeux pleins de colère, l'apostrophe sans ménagement :

« Arrête de crier comme ça, idiot, tu vas alerter le gardien ! »

Un pas lourd l'interrompt, suivi d'une grosse voix :

« Que se passe-t-il ici ? Qui a allumé l'électricité ? grommelle-t-on, à l'autre bout de la pièce.

— Bravo, tu as gagné ! » chuchote la jeune fille.

Elle s'accroupit entre les rayonnages, entraînant Guillaume avec elle.

« Cache-toi, et surtout ne fais pas de bruit ! »

Il obéit, subjugué. Respire, avec une sorte d'ivresse, la présence de l'inconnue à ses côtés, son parfum de vanille, de cannelle, de violette : une désuète odeur de grand-mère sur la fraîche peau d'une adolescente. Et ne peut s'empêcher de toucher ses cheveux, du bout des doigts.

« Ne te gêne surtout pas », proteste-t-elle tout bas.

En traînant les pieds, le gardien sillonne les allées. La jeune fille se ratatine, menue menue, prête à disparaître dans un trou de souris.

Le gardien se rapproche, de plus en plus près. Il n'est plus qu'à quelques mètres des intrus. Ses chaussures cloutées martèlent le sol, et chaque pas fait sursauter nerveusement la jeune fille. Mettant en pratique la politique de l'autruche, qui consiste à ne rien voir pour se donner l'illusion de n'être pas vu, Guillaume ferme les yeux.

« J'ai dû oublier d'éteindre, tout à l'heure, ronchonne l'homme. Il n'y a personne, ce sont mes nerfs qui me jouent des tours. Être tout seul, la nuit, dans ce grand bâtiment vide, ne me réussit pas... Si, en plus des planchers qui grincent, des murs qui craquent, des souris qui rongent, je me mets à entendre des voix ! »

Il fait demi-tour et s'éloigne, tout en continuant :

« Comme si les vieux bouquins attiraient les voleurs ! Un tas de paperasses sans intérêt. Je suis bien bête de m'en faire. Tout ce que je vais y gagner, c'est une bonne insomnie ! »

Son monologue s'éteint tandis qu'il regagne sa loge.

« Filons », dit la jeune fille une fois qu'il a disparu.

En rampant, elle prend le chemin de la sortie, suivie de son compagnon dont le cœur bat la chamade. Est-ce la peur d'être surpris ou la proximité de celle qui hante ses pensées, qui le met dans cet état ?

Le corridor ; la marelle des ombres. « Tac-tac » font les talons qui précèdent Guillaume. « Toc-toc », répond son cœur en écho. Des rythmes de xylophone emplissent le labyrinthe obscur.

Enfin, ils atteignent la porte. Ouf, sauvés.

Deux heures du matin sonnent au clocher de l'église.

Côte à côte, les adolescents remontent le boulevard. Dans les arbres du square voisin, la sinistre plainte du vent ressemble au hurlement des loups dans les plaines du Grand Nord. Pas une voiture, nul passant. Ce quartier, si familier en plein jour, paraît soudain inconnu à Guillaume, qui le parcourt pourtant quotidiennement. On dirait... un décor de théâtre. Une irréelle toile de fond, qu'éclairent des réverbères factices, un projecteur lunaire, et devant laquelle déambulent deux acteurs novices.

« Comment t'appelles-tu ? demande Guillaume, pour rompre le silence.

— Ida, et toi ?

— Guillaume... Ça fait des semaines que je te regarde partir, tous les soirs. Je me demandais où tu allais... »

Ida hausse les épaules, et ce mouvement suffit à faire ondoyer dans sa chevelure mille reflets mouvants.

« Eh bien, tu le sais maintenant, vilain curieux ! »

Le garçon fait la moue :

« Je n'ai pas appris grand-chose ! Je crois même que tu m'intrigues encore plus qu'avant ! »

Elle rit. C'est le plus joli rire que Guillaume ait jamais entendu. Il en est tout ému.

« Pourquoi te sauves-tu dès que la vieille dame éteint la lumière ? demande-t-il doucement. Que vas-tu faire dans cette bibliothèque ? Et qui es-tu, d'abord ? »

Ils se regardent. Les yeux d'Ida – de jolis yeux couleur noisette – sont pleins de malice. Dans son visage triangulaire, son sourire, accent circonflexe

26

inversé, s'encadre de fossettes. On dirait l'empreinte de doigts invisibles relevant comiquement les deux coins de sa bouche.

« Je suis la vieille dame, dit-elle simplement.

— C'est ça, moque-toi de moi ! Dans un instant, tu vas m'annoncer que tu as quatre-vingts ans !

— Quatre-vingt-quatre ! »

Pour ne pas la contrarier, Guillaume rentre dans le jeu :

« Franchement, tu ne les fais pas ! On te donnerait plutôt entre quinze et seize... Tu es bien conservée, pour ton âge !

— T'as rien compris, pauvre cloche ! » pouffe la jeune fille.

Elle a l'air de s'amuser beaucoup, aux dépens de son compagnon. Blessé par son ton ironique, celui-ci se renfrogne.

Ils marchent très lentement. Ni l'un ni l'autre n'a envie de rentrer. Est-ce la magie de cette nuit d'automne, de cette rue immobile, de l'aventure qu'ils viennent de vivre ? Ou simplement le plaisir d'être ensemble et de se chamailler dans l'ombre complice ?

Ils atteignent la place du marché, curieusement dépourvue des étals de forains qui l'encombrent d'ordinaire. Encerclé de bancs et de néons, ce terre-plein, dont une fontaine occupe le centre, évoque plus que jamais une scène de théâtre.

« On s'assied ? » propose Guillaume.

La fille acquiesce. Malgré le froid mordant, ils s'installent. Le bois humide leur glace les cuisses, les fesses, à travers leurs vêtements.

« Brrrrr ! ... » fait Ida, rassemblant sa cape autour d'elle.

Elle rabat son capuchon sur sa tête. Ainsi emmitouflée, elle ressemble à un moinillon. C'est à peine si le bas de son visage transparaît, ovale ivoire noyé dans l'ombre.

Un long moment, les deux ados restent sans parler. Puis, comme à contrecœur, Ida se décide :

« Tu veux que je te raconte mon histoire ? » demande-t-elle à mi-voix.

Il fait « oui » de la tête, avec une impatience qu'il maîtrise mal.

« Je te préviens que tu ne me croiras pas, ajoute-t-elle.

— Je te promets que si !

— Même si ça te semble invraisemblable ? Jure-le ! »

Il jure, en crachant par terre. Ce genre de serment ne se trahit pas, sous peine des pires abominations.

« Ce que tu vois, ce n'est pas moi, poursuit-elle. Moi, en ce moment, je dors dans l'appartement en face du tien. J'ai quatre-vingt-quatre ans, comme je te l'ai dit tout à l'heure. Mais j'ai été jeune, il y a bien des années. J'avais cette apparence (elle se désigne), j'étais jolie, non ?

— Très ! affirme Guillaume avec ferveur.

— Depuis quelques mois, je rédige mes Mémoires. J'en suis arrivée à la jeune fille qui est devant toi. C'était en 1926... »

Ce parfum démodé, ces chaussures, ces singuliers habits... Guillaume repense aux films, ayant pour cadre « les années folles », qu'il a pu voir à la télé. Effectivement, les héroïnes portaient ce genre de tenue...

« ... En ce temps-là, j'avais déjà le désir ardent qui ne m'a jamais quittée depuis...

— Quel désir ?

— ÉCRIRE. »

Comme elle a dit ce mot gravement ! Surpris, son interlocuteur scrute avec attention l'ombre sous la capuche. Deux yeux y brillent, trop. Deux yeux où tremblent... mais oui ! Ce sont des larmes !

« Tu pleures ? »

Elle s'ébroue.

« Ce n'est rien, juste un peu de tristesse. Je n'ai jamais pu réaliser mon rêve ! »

Aussi clairement que s'il l'avait devant lui, Guillaume revoit la vieille dame penchée sur son cahier, derrière le rideau de dentelle.

« Mais... tu ne fais que ça, écrire ! se récrie-t-il.

— Mes Mémoires ? Ça ne compte pas, voyons ! Ce que je voulais, c'était être romancière !

— Et pourquoi ne l'es-tu pas devenue ? »

Elle soupire.

« Je n'ai jamais trouvé le *grimoire* », murmure-t-elle.

Dans le ciel, des bandes de corbeaux passent en croassant. Ils fendent la nue de leur vol lourd, et disparaissent derrière le clocher de l'église. Un silence de mort succède à leurs cris discordants.

« *Le grimoire ?* répète Guillaume. Quel grimoire ?

— Celui qui donne accès à la littérature. »

Sur l'un des arbres de la place, un merle se met à chanter. Sa trille s'élève, tournicote, retombe en mille paillettes harmonieuses ; feu d'artifice sonore.

« Comme c'est joli ! s'extasie Ida.

— Je ne comprends rien à ton histoire, avoue Guillaume.

— C'est pourtant simple : il existe un livre, quelque part, QU'IL FAUT POSSÉDER POUR DEVENIR ÉCRIVAIN. Ils l'ont tous eu entre les mains, avant de commencer leur carrière : Baudelaire, Rimbaud, Dumas, Balzac, Saint-Exupéry... Mais j'ignore où ils se le sont procuré ! »

Elle attrape une mèche luisante qui sort de la

capuche, l'entortille autour de son doigt d'un geste agacé.

« Si tu savais comme j'ai cherché ! J'y ai passé ma vie ! Et je continue !

— C'est donc ça que tu fais, toutes les nuits, dans la bibliothèque ! » s'exclame Guillaume, comprenant soudain.

Ida hoche affirmativement la tête.

« Comment as-tu trouvé le moyen d'y rentrer ?

— Facile : JE SUIS L'ANCIENNE BIBLIO-THÉCAIRE. Durant un demi-siècle, j'ai vécu dans les livres. Je les connais tous, comme un jardinier connaît chaque fleur de sa serre, chaque massif de son jardin. Ils n'ont pas de secret pour moi. Et pourtant, j'ai eu beau fouiller, les consulter les uns après les autres, tenter de lire entre leurs lignes, ce fut l'échec. JE N'AI PAS DÉCOUVERT LE GRIMOIRE. »

Le doigt qui tiraille les cheveux s'exaspère.

« Et pourtant, je sais qu'il existe. Mais où est-il ? OÙ EST-IL ? »

Ses yeux couleur noisette sont de plus en plus brillants. Les larmes en débordent, maintenant, et inondent ses joues.

« Il me reste si peu de temps, Guillaume... », murmure-t-elle.

Un élan de compassion le projette vers elle. Il la prend dans ses bras, la serre contre lui. Elle pose, sur son épaule, sa petite tête encapuchonnée, tellement pathétique.

« Si peu de temps... Si peu de temps..., sanglote-t-elle.

— Pourquoi dis-tu ça ? Tu es jeune !

— Mon double est jeune, pas moi ! Ce double est un fantasme : il s'échappe la nuit pour poursuivre ma quête, mais n'existe que dans ma mémoire... dans MES Mémoires, celles que tu me vois rédiger chaque soir... »

D'une main tremblante, le garçon caresse les épaules, si réelles pourtant, de sa compagne.

« Quand la vieille dame que tu connais se réveillera, je disparaîtrai. Je rentrerai entre les pages du cahier où elle raconte – où JE raconte-les événements de sa jeunesse. Et je redeviendrai une octogénaire perclue de rhumatismes, qui ressasse ses regrets... »

Guillaume ne répond pas. Cette détresse le bouleverse. Il se promet de rendre visite à sa voisine, demain. De parler avec elle, de lui faire raconter ses souvenirs. Les personnes âgées ont tant de choses à nous apprendre, sur les époques passées, et cela leur fait si plaisir, quand on prend le temps de les écouter...

Une chose, pourtant, tracasse encore l'adolescent.

« C'est exprès que tu as choisi cet âge, pour revenir ? Qu'est-ce qui t'empêche de continuer tes recherches en chair et en os, sous ton apparence de grand-mère ?

— Tout d'abord mon état de santé : je n'ai plus la force de sortir de chez moi.

— Ça ne me dit pas pourquoi tu es adolescente. Tu aurais pu décider d'avoir trente ou quarante ans, par exemple !

— Les seuls livres que j'aie négligés, lorsque j'étais bibliothécaire, ce sont ceux destinés aux jeunes. Je ne les trouvais pas intéressants. Adulte, il me manquait la fraîcheur d'âme nécessaire pour les apprécier. Ce fut sans doute mon erreur. Une erreur que je tente désespérément de réparer aujourd'hui... AVANT QU'IL NE SOIT TROP TARD !

— Trop tard ?

— Je n'en ai plus pour très longtemps à vivre, tu sais... »

Elle relève la tête, fixe son compagnon de ses larges prunelles.

« Guillaume, je suis sûre que LE GRIMOIRE EST PARMI EUX ! »

Elle lui prend la main, suppliante tout à coup.

« Aide-moi, s'il te plaît !

— Oui, répond-il, bouleversé.

— Toute seule, je n'y arriverai jamais !

— Je te promets de faire mon possible... »

Elle sourit à travers ses larmes. Dans les fossettes mouillées, l'eau s'accumule comme dans de mignons réservoirs. Une furieuse envie d'y coller sa bouche et de boire cet élixir salé saisit Guillaume, mais il résiste. Les fantasmes sortis de la mémoire des vieilles dames se laissent-ils embrasser, la nuit, par les garçons réels ?

« Merci », murmure la jeune fille de toute son âme.

Et c'est elle qui l'embrasse. Deux lèvres − deux papillons légers, légers, aux ailes frémissantes − se posent sur sa joue. Dans l'ombre de la capuche, l'espoir transfigure la frimousse d'Ida.

C'est à cet instant précis que le clocher sonne trois heures. Guillaume réprime un bâillement.

« Je vais encore ronfler, demain, en cours ! » assure-t-il, en levant la tête vers la grosse horloge.

Mais... que se passe-t-il ? Sous son bras qui pressait le dos de la jeune fille, il ne sent plus rien, tout à coup. Que du vide.

Ida a disparu.

Est-ce le claquement de ses talons que Guillaume entend dans le lointain ? Non. La jeune fille ne court pas comme à son habitude : elle s'est évaporée. Les songes, au réveil, se dissolvent de cette manière. Et de toutes ces choses qui semblaient si *vraies,* il ne reste qu'une vague impression, prompte à s'estomper dans l'agitation du lever.

Guillaume aura-t-il oublié Ida, demain matin ?

Il se jure que non, et comme un automate il se dirige vers chez lui. La clé, qu'il tâte dans sa poche en marchant, le raccroche seule à la réalité.

3

Inutile de préciser que Guillaume n'est pas très brillant, le lendemain, en classe ! Non seulement il manque cruellement de sommeil, mais sa tête est ailleurs, très loin des cours. Sur son petit écran intime, le film de la nuit précédente se projette et se reprojette en séance permanente. Une séquence, surtout, l'obsède : celle où la belle héroïne se hausse vers sa joue pour y poser les lèvres. Oh, ce contact si doux, si furtif, indicible caresse qu'il ne se lasse pas de revivre encore et encore ! Oh, cet inoubliable parfum, différent de celui que portent les filles d'aujourd'hui, et tellement meilleur ! Et ces yeux implorants, pleins à ras bord de tout le désarroi du monde ! Les évoquer plonge l'adolescent dans un océan de tendresse.

Sa curieuse attitude n'échappe pas à la sagacité de Doudou.

« Dis-donc,-mon-frère,-tu-en-fais-uuu-ne-tête ! -Qu'est-ce-qui-t'arrive,-bro-ther ?-T'as-trop-fait-laaa-fête ? » demande le jeune Black, profitant d'une brève distraction du prof de math pour se glisser jusqu'à son copain.

Guillaume soupire sans répondre, et un sourire niais se plaque sur son visage. C'est l'expression typique de quelqu'un d'amoureux.

« Allez,-mec,-décris-moi-la-meuf-qui,-houlaaa-la !-est-arrivée-à-t'mettre-dans-un-pareil-ééétat ! » chantonne Doudou.

La voix courroucée du prof le renvoie à sa place avant que sa curiosité ne soit satisfaite.

Par chance, c'est mercredi : il y a congé l'après-midi. Guillaume hésite entre une petite sieste – bien nécessaire, vu sa fatigue ! – et son entraînement de foot hebdomadaire. Finalement, il n'opte pour aucune des deux solutions, et se retrouve, quelques heures plus tard, affalé sur le fameux banc de la place du marché. C'est dans un état presque léthargique que Doudou, caracolant sur son skate-board, le surprend.

Le Black stoppe spectaculairement son engin,

retire le walkman qui lui obture les oreilles, et s'écrie, un large rire découvrant son clavier de dents immaculées :

« T'as l'air d'une méduse échouée sur une plage, mon vieux ! » (Lorsqu'il délaisse – rarement et de façon très provisoire – le démon du rap qui le possède, Doudou s'exprime comme vous et moi.)

Guillaume réagit à peine : Ida lui remplit le cerveau. Même l'humour n'y trouve pas la moindre petite place.

« Les méduses amoureuses, c'est les pires ! » constate Doudou laconiquement.

Et il s'installe près de son copain.

« Allez, raconte ! » lui suggère-t-il.

Mais Guillaume ne veut pas déflorer sa merveilleuse aventure en la confiant à une tierce personne, fût-ce son meilleur ami. D'ailleurs, même Doudou le prendrait pour un fou s'il lui narrait cette nébuleuse histoire de fantasme et d'adolescente de quatre-vingts ans. « Quatre-vingt-quatre ! » rectifie une petite voix dans sa tête. Elle avait l'air de se moquer, Ida, en disant ça ! Elle arborait une moue de gamine farceuse et tripotait sa mèche. Ce n'est qu'après qu'elle a pleuré.

L'évocation prend Guillaume à la gorge. Une onde de bonheur lui parcourt la colonne vertébrale.

« Tu peux pas savoir, Doudou..., susurre-t-il seulement.

— Yooo-mon-frère,-les-mecs-disent-touuus-ça,-quand-ils-en-pincent,-ouaiiis !-pour-une-naaa-na ! » rigole le rappeur.

Puis, se sentant indésirable :

« Salut, j'me casse ! » conclut-il.

Il saute sur sa planche à roulettes, s'insinue entre les étals, rafle une pomme, au passage, dans le panier du marchand de primeurs, et se perd dans la foule.

C'est à peine si Guillaume s'est aperçu de son départ. Il est bien trop occupé à compter les heures qui le séparent des retrouvailles avec Ida. Et cette perspective lui fait monter des bouffées de chaleur, qui impriment des ronds rouges au milieu de ses joues. Du même rouge que la pomme de Doudou, dont le trognon, maintenant, traîne dans le caniveau.

Son dîner à peine avalé, Guillaume, prétextant un devoir urgent, gagne à toutes jambes son poste d'observation. Mais quelle n'est pas sa surprise de constater que... la fenêtre d'Ida n'est pas éclairée.

La vieille dame n'a pas allumé sa petite lampe rose, et n'écrit pas, ce soir.

Pour quelle raison ? POUR QUELLE RAISON ?

Mille suppositions se bousculent dans son esprit : ce changement est-il lié à leur rencontre ? Ida regrette-t-elle de lui avoir confié son secret, et a-t-elle décidé de « couper les ponts » ? Le repousse-t-elle ? A-t-elle... (l'angoisse lui serre la gorge)... déménagé pour s'éloigner de lui ?

Impossible, voyons ! Elle ne peut pas l'avoir trahi à ce point ! Elle était sincère, quand elle a réclamé son aide ! Le pacte qu'ils ont scellé sous la lune bienveillante, ce n'était pas du flan ! Et son baiser, son baiser ? C'était un vrai serment d'amour !

Et si... (l'angoisse s'accentue)... s'il avait été victime d'un énorme bobard, et que la demoiselle aux longs cheveux ne soit qu'une jeune fille ordinaire, se moquant d'un garçon trop naïf ? Si, cachée derrière la vitre obscure, ayant troqué son déguisement vieillot contre un blue-jean, et ses talons contre des baskets, elle était en train de rire de lui ?

Non, en face, il n'y a personne. La pièce est désespérément vide.

Alors ? Qu'a-t-il bien pu se passer, au cours de la journée ? Quel tragique – ou banal ! – événement a déterminé cette absence imprévue ? OÙ EST LA VIEILLE DAME ? OÙ EST IDA ?

(L'angoisse prend des proportions alarmantes.)

ET SI QUELQU'UN LA RETENAIT PRISONNIÈRE, POUR L'EMPÊCHER DE REVOIR GUILLAUME ?

Elle n'a peut-être pas tout dit, après tout ! Peut-être a-t-elle des parents, un tuteur, un fiancé jaloux...

La vieille dame est-elle mariée ? Dans l'euphorie

de la rencontre, Guillaume ne s'en est même pas inquiété.

Il fait un effort surhumain pour reprendre le dessus, tente de se raisonner :

Allons, calmons-nous. Il est plus tôt que d'habitude, elle a sûrement dû s'absenter (que disait Ida à ce propos ? « Je suis trop vieille pour sortir de chez moi »...) et n'est pas encore revenue. D'ici une heure ou deux, moins peut-être, elle reprendra ses Mémoires et tout redeviendra comme avant. Il suffit de patienter.

L'estomac en marmelade, l'adolescent se laisse tomber sur son lit. Trois minutes plus tard, il dort à poings fermés.

4

Ce n'est que le lendemain que Guillaume apprend la nouvelle, au moment d'aller à l'école.

Devant son bol de céréales, de fort méchante humeur, il rumine, maudit la nature et sa propre faiblesse. Lorsqu'il s'est réveillé à huit heures du matin, il lui a fallu quelques instants pour réaliser ce qui s'était passé. Un rayon de soleil – privilège rare en cette saison ! – lui chatouillait aimablement le bout du nez. Saperlipopette ! Il avait loupé le rendez-vous ! Fichue fatigue ! Ida avait dû l'attendre en vain, se croire abandonnée, pleurer peut-être... Il se serait giflé !

Ses parents, en le houspillant pour qu'il se

dépêche, l'ont arraché un instant à ses remords, mais ceux-ci sont revenus en force une fois le petit déjeuner servi.

Comme il avale sa dernière cuillerée :

« Il y a eu un décès, hier, dans le quartier », annonce sa mère.

Il lève la tête, émet un vague grognement.

« Dans l'immeuble d'en face », précise-t-elle.

La foudre tombant aux pieds de Guillaume – et même carrément sur lui ! – ne lui ferait pas plus d'effet. Il passe par toutes les couleurs de l'arc-en-ciel, s'étrangle, tousse, crache, et une fois qu'il peut parler, demande d'une voix blanche :

« Qui ça ?

— Une personne du troisième âge. On l'a retrouvée morte dans son lit. C'est le concierge qui a appelé les pompiers. Quand il lui a monté son courrier, personne n'est venu ouvrir et il s'est inquiété. »

Elle prend une mine de circonstance, et poursuit, tout en débarrassant la table :

« Pauvre femme ! Le cœur a dû lâcher pendant son sommeil. Elle ne s'est sans doute rendu compte de rien. Heureusement pour elle ! »

Guillaume veut répondre mais n'y arrive pas. Il reste cloué sur sa chaise, paralysé d'horreur.

« Tu es bien pâlot, toi, ces temps-ci, remarque sa mère. Tu ne nous couverais pas quelque chose, par hasard ? »

Elle regarde sa montre.

« Moins vingt, déjà ! Tu n'as pas intérêt à traîner, mon bonhomme ! »

Rassemblant ses dernières forces, Guillaume demande faiblement :

« À quelle heure est-ce arrivé ?

— La nuit de mardi à mercredi, entre trois et quatre heures, semblerait-il. C'est difficile à déterminer avec précision. Mais on n'est venu la chercher qu'en début d'après-midi. J'ai appris ça ce matin, à la boulangerie. Tout le quartier en parle. »

En Guillaume, c'est le vide intersidéral, avec ses météores, ses planètes tourbillonnantes, ses explosions cosmiques. Et ses trous noirs, ses trous noirs surtout : effroyables gouffres de néant.

« Guillaume ? Qu'as-tu ? Tu ne te sens pas bien ? »

Entre trois et quatre heures... Une image terriblement précise lui vrille la mémoire : il tenait Ida par l'épaule. Elle était toute chaude contre lui. Quand le clocher a sonné, il a levé la tête. Et tout à coup, il n'a plus rien senti. Elle avait disparu.

Il grince des dents, une nausée le soulève.

ELLE VENAIT DE MOURIR ET IL NE LE SAVAIT PAS.

Tout se met à tourner autour de lui.

« Guillaume, mon chéri ! »

Sa mère le rattrape au moment où il tombe.

« Jean ! crie-t-elle, affolée, Jean ! Viens m'aider ! Le petit a un malaise ! »

Papa jaillit de la salle de bains, le menton plein de mousse à raser.

Guillaume a très chaud et il grelotte en même temps. Peut-être a-t-il vomi, il ne s'en souvient pas. Ce dont il se souvient, par contre, c'est de l'abominable nouvelle. Une certitude affreuse, déchirante, hurle en lui : il ne reverra jamais Ida.

« Tac-tac », faisaient les petits talons sur le pavé mouillé. Les néons scintillaient dans la chevelure brune. Sous sa capuche noire, le mignon moinillon sentait la vanille, la cannelle, la violette. Plus aucune fille ne sent ça, aujourd'hui !

« Tu m'aideras ? » suppliaient les prunelles humides.

Le grimoire. Trouver le grimoire à tout prix, pour qu'Ida réalise son rêve. Il lui reste si peu de temps...

Il ne lui reste plus de temps du tout.

Le grimoire, même s'ils avaient mis la main dessus, serait aujourd'hui inutile : Ida n'écrira plus jamais. Ni ses Mémoires ni rien. Et les lèvres d'Ida ne se promèneront plus sur la joue de Guillaume, légères, légères, comme des papillons.

« Un peu de fatigue, dit le docteur. Cet enfant a besoin de repos. Il est en pleine croissance, son organisme fournit de gros efforts. Une bonne cure de vitamines, beaucoup de sommeil, et dans une huitaine de jours il n'y paraîtra plus. »

« On l'a enterrée la semaine dernière », dit le concierge, indiquant, d'un geste machinal, la direction du cimetière.

Guillaume remercie, s'éloigne vers l'avenue Émile-Zola. Il est encore tout pâlichon, mais ses jambes ont retrouvé leur solidité. Comme il rentre en classe le surlendemain, sa mère lui a permis de sortir « pour se réhabituer au grand air ».

« Juste une petite promenade ! a-t-elle précisé. N'abuse pas de tes forces, une rechute est toujours à craindre ! »

Le cimetière se trouve à un kilomètre environ, à la sortie de la ville. Pour s'y rendre, il faut passer devant la bibliothèque. Tandis qu'il marche, les yeux de Guillaume s'égarent sur le monumental escalier et les colonnades modern-style ornant le fronton du bâtiment. Il devine, sur le côté, là où personne ne va jamais, la petite porte qu'on néglige de fermer. Un impérieux besoin de s'y glisser, de retrouver les inquiétants couloirs et leur marelle fantôme, la grande salle encombrée de livres, et même le pas terrible du gardien l'oppresse quelques minutes. Mais il s'oblige à détourner son regard. C'est à un autre rendez-vous qu'il va rejoindre Ida. Un rendez-vous macabre, auquel nul ne peut échapper.

De hauts murs apparaissent bientôt.

Une grille en fer forgé clôt le lieu solitaire, planté de buis et de cyprès. Guillaume n'y est entré qu'une fois, pour l'enterrement de son grand-père. Il emprunte les allées qui serpentent entre les tombes, remarque les plus grandes au passage : de vraies chapelles décorées de vitraux colorés et d'anges à genoux. Beaucoup de fleurs, partout. Et un silence recueilli. Ici, même les oiseaux évitent de chanter.

Comment trouver Ida ? Guillaume ignore son nom de famille, et il n'a pas pensé à le demander au concierge. Pas plus qu'il ne s'est renseigné sur l'emplacement exact du cercueil. Il s'est fié à son instinct.

Il ferme les yeux, pense très fort à la jeune fille aux longs cheveux. Guide-moi, petite amie d'une nuit ! Tu es un fantasme, après tout, c'est toi-même qui l'as dit. Les fantasmes ont tous les pouvoirs ! Fais-moi signe ! Prends-moi par la main, comme tu l'as si bien fait dans la bibliothèque, et entraîne-moi vers ta nouvelle demeure, pour que je puisse t'y rendre visite !

Il marche, maintenant, en somnambule, sans regarder devant lui. Il déambule au hasard, se fiant à l'intuition magique qui attire l'un vers l'autre les êtres qui s'aiment, même par-delà la mort. À droite, à gauche, tout droit, promeneur hésitant, étrange joueur de colin-maillard, il avance. Puis soudain, s'arrête. Et ouvre les yeux.

Pourquoi ? il ne saurait le dire. Simplement, il SAIT que c'est là.

La terre fraîchement remuée indique un enterrement récent. Sur la dalle de marbre toute neuve est posée une couronne de roses blanches, portant un bandeau mauve où l'on peut lire « *À notre regrettée bibliothécaire, la ville reconnaissante* ».

Guillaume tombe à genoux.

« *Ida Lerbier, 1911-1995* » est-il gravé en lettres d'or sur la stèle. Dessous, incrusté dans la pierre, se trouve un médaillon contenant une photo. Un doux visage auréolé de blanc, que les rides n'arrivent pas à enlaidir. Il n'est pas difficile d'y superposer, en pensée, le minois aux longs cheveux, aux yeux couleur noisette, aux fossettes mutines, qui obsède Guillaume. Pas difficile du tout. Le temps est moins cruel qu'on ne le pense : derrière ses stigmates, les êtres ne changent pas. De beaux meubles, même sous plusieurs couches de peinture, conservent leur grâce. Il suffit de gratter pour les retrouver intacts. Les gens, c'est pareil...

Longtemps, le garçon reste prostré, imprimant, à s'en donner la migraine, l'image d'Ida sur sa rétine. Et lui disant, tout bas, son amour.

Oh, comme il voudrait qu'elle surgisse brusquement devant lui, qu'elle s'évade d'un caveau comme jadis de la porte cochère d'en face, et se mette à courir !

Pourquoi les fantasmes ne survivraient-ils pas à ceux qui les inventent ?

Guillaume se concentre.

Et si la jeune fille aux longs cheveux, après avoir été le fantasme de la vieille dame, devenait LE SIEN ? Si, comme elle, il la projetait hors de son cerveau pour lui redonner cette vie furtive de noctambule pressée ?

Il fait un tel effort mental qu'il transpire. Mais renonce bientôt. Ida a emporté sa jeunesse avec elle. L'adolescente aux longs cheveux et la vieille dame qui écrivait, réunies en une seule personne, reposent dans leur cercueil, sous terre. Pour elles, désormais, présent et passé se confondent. Lorsque la vie s'est retirée, il n'y a plus de différence entre ce qu'on a été et ce qu'on est devenu : on n'est plus que le souvenir qu'on laisse. Et les souvenirs n'ont pas d'âge...

Plus seul qu'il ne l'a jamais été, Guillaume s'en va, la tête basse.

C'est le même soir, alors qu'il contemple avec mélancolie la fenêtre éteinte, le portail fermé, la rue où plus jamais ne résonnera le « tac-tac » des talons d'Ida, que l'évidence lui apparaît.

L'ÉVIDENCE.

Une idée si puissante qu'elle lui coupe le souffle.

IL SAIT COMMENT RESSUSCITER IDA !

Une sorte de fièvre monte en lui, le possède. Il tremble. Il a tout compris d'un seul coup.

LE CAHIER.

C'est dans les Mémoires de la vieille dame que se trouve son amie, entre les pages manuscrites d'où elle s'échappait chaque nuit ! La chercher au cimetière, quelle sottise ! Les fantasmes ne meurent pas, quoi qu'il ait pu en penser tout à l'heure ! Ils survivent là où les a fixés l'écriture, éternellement ! Gavroche et Cosette ont-ils disparu avec Victor Hugo ? Les Trois Mousquetaires ont-ils suivi Dumas dans la tombe ? Et Mme Bovary, dont Gustave Flaubert disait « c'est moi », n'a-t-elle pas survécu à son auteur ? C'est dans l'imagination de milliers de lecteurs qu'ils mènent aujourd'hui leur existence propre, et même parfois sur les écrans de cinéma !

Il faut que Guillaume récupère ce cahier à tout prix !

5

Dix minutes plus tard, il est dans la rue.

Personne aux alentours ? Un rapide coup d'œil le rassure. Les riverains dorment déjà, pour la plupart, et aucun passant ne se profile à l'horizon.

Il appuie sur le bouton actionnant le portail de l'immeuble.

Sur sa gauche, la loge du concierge. Surtout ne pas lui mettre la puce à l'oreille ! À droite, la cage d'escalier menant aux étages.

En catimini, Guillaume s'y faufile.

Premier, deuxième, troisième... Nous y voici.

Une des sonnettes indique « Ida Lerbier ».

Une super-trouille au ventre, Guillaume

l'actionne. Évidemment, personne ne vient ouvrir : l'appartement est vide. Mais la prudence la plus élémentaire voulait qu'il s'en assure.

La porte n'est pas blindée. Elle ne possède qu'une serrure ordinaire, à grosse clef, facile à crocheter. Le couteau suisse de Guillaume est muni d'une pince qui semble faite pour ça. Il expérimente son efficacité sur la porte de la maison chaque fois qu'il oublie son trousseau !

D'une main tremblante, il déplie la lame.

La super-trouille devient une mégatrouille.

Si jamais quelqu'un le surprend, il est bon pour le commissariat ! Ce qu'il projette, c'est un cambriolage, ni plus ni moins. Et que l'objet de sa convoitise ne soit qu'un vulgaire cahier n'y change rien. D'ailleurs, qui le croirait ? On l'accusera plutôt de chercher de l'argent, des bijoux, des objets de valeur ! Ce genre de plaisanterie peut l'envoyer tout droit en maison de redressement !

Ida, aide-moi ! Après tout, c'est toi que je viens délivrer !

Ida, m'autorises-tu à pénétrer chez toi ? Si on est invité, il n'y a pas effraction !

« Clic-clac », fait la pince dans la serrure. Un vrai jeu d'enfant.

Guillaume tourne la poignée et, à pas de loup, entre dans l'appartement.

Il fait très sombre, et pas question, bien sûr, d'allumer l'électricité. Le garçon se dirige à tâtons et parvient dans le salon, où l'on y voit plus clair grâce à un réverbère diffusant sa lueur à travers le rideau. La semi-pénombre qui règne dans la pièce permet au moins de s'y repérer. Voici le bureau, avec sa petite lampe rose, le fauteuil où s'asseyait Ida, les rayonnages bourrés de livres. Une pendule, dont la présence de la mort n'a pas interrompu le tic-tac. Quelques bibelots, comme on n'en trouve que chez les vieilles personnes : vases garnis de fleurs séchées, statuettes posées sur des napperons, gravures naïvement encadrées. Sur le sofa, au milieu des coussins, un châle.

Comme hypnotisé, Guillaume s'en empare, le porte à son nez. Vanille, cannelle, violette : le parfum qui s'en dégage lui va droit au cœur. Il y enfouit sa tête, et s'imagine qu'*elle* est là, près de lui, avec ses grands cheveux, ses yeux couleur noisette, ses deux fossettes qui appellent le baiser.

Heureusement que les garçons ne pleurent pas, sinon on pourrait croire que ce sont des larmes qui viennent subitement de mouiller le châle !

Le bruit d'une voiture passant dans la rue, puis stoppant avec un grincement de freins, ramène Guillaume sur terre. Une bouffée glacée l'envahit. Les flics ! Quelqu'un a averti les flics !

Il se glisse jusqu'à la fenêtre, jette un œil à travers

le rideau. Ce n'est qu'un taxi qui vient de déposer un client, non loin.

D'un soupir, Guillaume libère sa tension. Mais la chair de poule demeure.

Pas la peine de moisir dans cet endroit malsain !

Bien en évidence sur le sous-main du bureau, est posé un cahier à couverture de cuir. Le garçon le feuillette rapidement : tout indique qu'il s'agit des Mémoires d'Ida. Il le prend, attrape le châle au passage, et file. Il referme soigneusement la porte puis, ni vu ni connu, redescend quatre à quatre l'escalier.

6

Une petite écriture serrée, jolie comme tout, couvre les pages du cahier. À plat ventre sur son lit, Guillaume parcourt un passage au hasard :

« À cet âge, je lisais peu, hélas ! J'étais bien plus préoccupée par des futilités. Mes toilettes, en particulier. Pour mon anniversaire, on m'avait offert des chaussures à talons qui me donnaient l'allure d'une demoiselle. Je les adorais. J'avais également reçu Alice au Pays des Merveilles, *de Lewis Carroll : un vrai petit bijou relié en agneau rouge. Je ne l'ai même pas ouvert, et j'ai fini par*

*l'échanger à mon amie Mariette contre un jupon
de tulle ajouré dont j'avais très envie. »*

Un jupon de tulle ajouré... Guillaume interrompt
sa lecture. Que portait Ida sous sa cape ?

*« Je n'ai jamais lu Alice, et je le déplore. Qui sait
si ma vie n'en eût pas été changée ? »*

« Dring ! »
La sonnerie de la porte d'entrée retentit dans le
silence. Guillaume se lève paresseusement, s'étire.
Qui peut bien venir à cette heure ?
Il va ouvrir en traînant les pieds.
« Salut, mon pote ! s'écrie Doudou, son skate-
board sous le bras, je te dérange pas, au moins ? »
Non, Guillaume est plutôt content de le voir. Ça
va lui changer les idées ! C'est son dernier jour de
congé-maladie, ses parents sont au bureau, et à force
de tourner en rond dans les Mémoires d'Ida, il commence à perdre courage. Voir jaillir sa copine de ce
fatras de souvenirs démodés lui semble de plus en
plus incertain ; et de magie, nulle trace.
Qu'espérait-il, d'ailleurs ? Une recette pour faire
apparaître les fantômes ? Des formules cabalis-
tiques ? Des « trucs » de sorcellerie ? Un peu tout
ça, il faut bien l'avouer. Les cahiers d'où sortent des

jeunes filles ne sont pas très courants ! On s'attend à y trouver des choses extraordinaires !

Or, celui-ci est d'une affligeante banalité. Et pour quelqu'un qui déteste la lecture, le déchiffrer tient réellement du tour de force.

Ce « trophée » justifie-t-il les risques qu'a pris « le voleur » pour se le procurer ? Certes non. Mais son expédition valait quand même la peine, à cause du châle...

On ne peut pas dire que Guillaume ait bonne mine. La joue blafarde, l'œil cerné, le cheveu terne, il fait peine à voir. Doudou, éclatant de santé, s'apitoie bruyamment sur le sort de son copain :

« T'as-l'air-d'un-na-vet-trop-cuit,-camaaara-de ! Dis-moi-ce-que-t'as,-yo !-t'es-toujours-maaa-lade ? »

Il y a des moments où la chaleur d'une amitié, une main tendue, un sourire sincère sont aussi nécessaires que l'oxygène que l'on respire. Doudou tombe à pic, d'autant qu'en ce qui concerne l'amitié, il est vraiment champion. Personne ne l'égale dans l'art de se couper en quatre pour les autres. Rendre service est son hobby, filer des coups de main, son sport favori.

Du coup, Guillaume craque.

« Je vais tout te raconter, dit-il. Tu te souviens de l'expression orale de la semaine dernière ? ... »

Ce n'est pas simple de narrer une histoire aussi invraisemblable ! Surtout lorsqu'on veut être cru. Mais Guillaume y met tant de cœur qu'il arrive à convaincre Doudou. Les origines de celui-ci le prédisposent d'ailleurs aux croyances magiques, l'étrange le séduit. C'est un confident de choix. Il écoute, pose des questions pertinentes, propose son aide. Épaulé par un tel compagnon, Guillaume reprend espoir. Désormais, ils seront deux pour retrouver Ida.

Les voici installés face à face sur le lit, le châle entre eux, le cahier à côté. La fille aux longs cheveux, la vieille dame, la bibliothèque, le grimoire flottent dans l'atmosphère de la chambre. Les deux garçons se taisent, perdus dans leurs pensées.

« Moi, je crois qu'il faut écrire », murmure tout à coup Doudou.

Guillaume prend un air ahuri :

« Écrire ?

— Oui. C'est en écrivant que la vieille dame donnait vie à Ida. C'est l'énergie qu'elle projetait dans son texte qui se communiquait à son personnage et l'animait. »

Guillaume reste bouche bée un instant.

« Ben toi alors..., finit-il par lâcher. J'aurais jamais cru que tu sois capable de dire des choses pareilles ! »

Doudou non plus, parole ! Il est même très

étonné et se demande ce qui lui a pris. À croire que... l'âme d'Ida l'a inspiré !

« Écrire..., répète Guillaume hors de lui, écrire... Bon sang mais c'est bien sûr ! »

7

« Un, deux trois... j'y vais ! » annonce Guillaume,
comme s'il s'agissait de plonger dans une piscine.

Armé d'un cahier neuf – destiné, en principe,
au cours de physique – et d'un stylo-bille, il se
met en condition. Il réfléchit, cherche des idées...
et n'en trouve pas. Son cerveau refuse de fonc-
tionner. Ne serait-ce pas ça, le « vertige de la
page blanche » dont parlent tous les auteurs ?

Écrire... écrire... c'est bien joli, mais quoi ?

« Faut que tu parles d'Ida ! » affirme Doudou.

« IDA », écrit Guillaume en majuscules, comme
titre.

Il souligne : ça fait toujours gagner un peu de temps.

« Voilà. Qu'est-ce que je fais après ? »

Habité par ses rythmes intérieurs, Doudou se trémousse. La musique qu'il a en lui, il est seul à l'entendre. Mais on peut aisément en deviner la teneur aux mouvements de son corps. Cou, épaules, jambes, mains marquent avec passion un tempo déglingué.

« Hé, Doudou, qu'est-ce que je fais ? insiste Guillaume, bien ennuyé.

— À-toi-de-voir,-mooon-vieux !-Qui-de-nous-deux,-à-ton-avis,-est-amooou-reux ?

— Ben justement, je ne vois rien du tout ! Je ne peux tout de même pas continuer les Mémoires de la vieille dame : je ne les connais pas ! »

Doudou éteint son magnéto intime, et suggère :

« Si tu racontais l'aventure de la bibliothèque ?

— Génial ! » s'écrie Guillaume.

Voilà qui est tout à fait dans ses cordes ! L'instant d'après, agrippé au stylo qui court tout seul sur la feuille, il se laisse emporter par le flot de ses souvenirs.

« *Kan Idda est sorti dans sa rue je l'ai suivi et on a couru vers la bibliotèk. Elle été très très belle et je n'arrivé pas à la rejoindre. Je regardé ses grand cheuveu on aurait dit qu'ils dansé sur ses épaule. J'avé mon*

cœur ki batté j'ai crié après elle « mademoizelle ! »
mais elle ne m'entendé pas. J'auré bien voulu lui dire
que je l'aimé. »

« Écoute ça, Doudou ; comment tu trouves ? »
dit Guillaume, content de lui.

Il lit son œuvre tout haut. Ce qu'il y a de bien,
avec la parole, c'est qu'elle n'a ni orthographe ni
ponctuation.

« Super ! » apprécie Doudou avec un éclatant
sourire.

Guillaume s'est pris au jeu. Il n'a plus qu'une
envie, maintenant : continuer. Tandis que son compagnon ferme les yeux pour mieux entendre les
accords qui le hantent, il ressaute à pieds joints dans
son texte.

« Elle conné une petite porte secrète qui donne
dans la bibliotèk et kon ne ferme pas, c'est par la
qu'elle rentre. Moi je la suit je cour dans les couloir
ou il fais si sombre kon ne voie rien du tout sauf des
carré clair par terre a cause des fenêtre. j'ai une drole
de trouille meme quc jc me dit que je n'oseré jamais
aller au bout de se mistérieux couloir mais ji vais
quant même et finalement c'est pas si terible que sa
et j'arrive dans une grande salle plaine de livre. »

Guillaume est tellement loin au fond de sa page

que rien, maintenant, ne pourrait le faire revenir. IL REVIT réellement ce qu'il raconte. La peur, l'excitation, l'émotion des instants qu'il décrit, le possèdent entièrement. Son corps a l'air d'être là, dans cette chambre, mais c'est une enveloppe vide. Son esprit voyage dans le temps.

Et la « machine à voyager dans le temps » n'est autre qu'un stylo...

« Alors bien sur j'apelle la fille, je cri « mademoizelle mademoizelle » et sans que je m'en appersoive elle est derrière moi et elle me dit d'un air fachée, « ça va pas de faire otant de bruit tu va nous faire repairer par le gadien. » Justement il arrive et Ida me tire par terre derière un tas de livre pour kon se cache. Je suis bien tous près d'elle. Elle sant bon et elle est chaude. Si j'osait je l'ambrasserait bien mais je n'ose pas alors je me contante de la respiré. »

Guillaume respire, effectivement. Très très fort. Il SENT réellement l'odeur d'Ida. Sans doute est-ce le châle, dont les effluves montent dans la pièce, car Doudou les perçoit aussi.

À moins que...

« On entand les pas du gardien qui se raproche. Sa fou les jeton et je sens idda ki tramble a coté de moi, elle a pas envie d'ètre surprise dans la blibiotèk parce

*que personne a le droit d'y allée la nuit et si le gar-
dien s'en aperssoit il riske de fermé la porte et elle ne
trouvera jamais le grimoire »*

Que se passe-t-il ? ... Un souffle étrange vient de
passer dans l'air. Doudou, arraché à sa musique,
s'immobilise brusquement.

Guillaume écrit toujours, avec une sorte de fièvre.
Un petit bout de langue dépasse de ses lèvres. Sa
main court à toute vitesse sur le papier, entraînée par
le stylo-à-voyager-dans-le-temps qui s'emballe,
s'emballe...

*« Kesk'on a peur ! pourvu qu'il ne nous trouve
pas ! Heureusment il s'en va et nous on se sauve. C'est
quant on est retourné dans la rue ke idda me dit
komment elle s'apelle et pourkoi elle est la. Après on
s'assied sur un ban et elle met sa tête sur mon épaule
et elle m'enbrasse. Je croix que je n'est jamais été aussi
heureux de ma vie. »*

Le souffle s'accentue, et prend soudain une sorte
de consistance. Ce n'est tout d'abord qu'une brume,
un nuage à peine perceptible, qui se précise et
s'épaissit progressivement. Une vague forme
humaine se dessine, pourvue d'une tête, deux bras,
deux jambes. Quelque chose comme... un ecto-
plasme.

Doudou ouvre la bouche, mais aucun son n'en sort. La stupeur agrandit démesurément ses yeux, et son visage café-au-lait devient gris.

Guillaume ne s'est encore rendu compte de rien.

« Re... regarde ! » finit par articuler le Black.

Il secoue son compagnon, dont le mot en cours se change en gribouillis.

« Ça va pas, non ? » se rebiffe Guillaume.

Mais sa colère reste en suspens : il vient lui aussi d'apercevoir l'apparition.

« Qu'est-ce que c'est que ça ? »

« Ça » se pose par terre et continue à se matérialiser. Dans le magma blanchâtre, des couleurs naissent : du brun, du rose, du noir. Bientôt, « ça » commence à ressembler à... une jeune fille.

« Ida..., murmure Guillaume, en extase. Ida... Incroyable, j'ai réussi. »

Il attrape la main de Doudou, la serre de toutes ses forces.

« J'ai réussi ! J'ai réussi ! C'est... C'est...

— Pro-di-gieux ! » profère le Black, abasourdi.

Ni l'un ni l'autre n'ose bouger, de peur d'effaroucher « le miracle ». LEUR « miracle » ! LEUR FANTASTIQUE « miracle » ! La créature du docteur Frankenstein, à côté, c'est du travail de débutant !

À propos... On dirait quand même que quelque chose cloche.

Le visage d'Ida achève de se dessiner. Il est fin,

délicat, auréolé de jolis cheveux bruns, mais... elle louche affreusement. Ses yeux tournicotent dans leurs orbites comme ceux d'une poupée mécanique démolie. Et ses fossettes ? Elles ne sont pas à la bonne place, mais au beau milieu de son nez, comme deux narines supplémentaires.

« Quelle horreur... », s'effare Doudou.

Ce n'est pas tout : le corps s'avère également un désastre. Bras et jambes sont inversés, si bien que « le miracle » a l'air de marcher sur ses mains, et de tenir une paire de chaussures à bout de bras. De mignonnes chaussures, d'ailleurs, avec des petits talons. Des chaussures d'anniversaire...

Le sourire de Guillaume s'est figé. Quel est ce monstre abominable ?

« Qui... Qui êtes-vous ? » finit-il par demander dans un souffle.

Le monstre – la monstresse, plutôt – ne répond pas tout de suite : sa faculté de parole n'est pas encore au point. Il vaudrait mieux, d'ailleurs, qu'elle reste muette, car sitôt qu'elle s'anime, quelle catastrophe ! Elle produit des grincements de machine mal huilée, et sa bouche se distord affreusement.

« Je *crouic* m'appelle *bzz* Idda, annonce-t-elle.

— C'est impossible, bafouille Guillaume. Vous ne pouvez pas être MON Ida. Mon Ida est... belle !

— Moi, c'est *Crrr* Idda, avec deux D ! »

Sa voix est réellement insupportable. Doudou se

bouche les oreilles avec une grimace : ces sons dis-cordants agressent ses tympans délicats !

Les yeux d'Idda font trois p'tits tours dans tous les sens, et elle ajoute :

« T'as fait du *blouk* beau *cric* travail, andouille ! »

Guillaume ne comprend pas tout de suite que c'est à lui qu'elle s'adresse, vu qu'elle ne le regarde pas : son œil droit fixe le plafond tandis que la pupille du gauche tourne comme une toupie. C'est Doudou qui lui met les points sur les i :

« Ho-mec-ya-ta-copine-qu'a-l'air-drôl'ment-fuuu-masse,-c'est-un-super-savon-ma-parole-qu'elle-teee-passe !

— Ma copine ! s'indigne Guillaume. Cette cari-cature n'est pas ma copine ! Je ne sais même pas d'où elle sort !

— Va-pas-chercher-bien-loin : -de-ton-stylo-mooon-po-te !-En-écrivant-t'as-eu-une-drôle-de-treeem-blote !

— Moi, j'ai fabriqué cette... chose ? » s'étrangle Guillaume, transi de la tête aux pieds.

Idda fait « oui », avec l'air de vouloir le dévorer tout cru.

« Mais comment ?

— Vilain style, mauvaise *crac* orthographe. Quand *pof* on construit *brr* des phrases boiteuses, *kataklonc* les personnages qu'on décrit le *burp* sont aussi ! »

Le rappeur a retrouvé son humour, et cette situation commence à l'amuser. Le visage fendu par son grand sourire blanc, il tarabuste gentiment son copain :

« Tu-faisais-quoi-au-juste-pendant-les-cours-d'fraaançais ?-Tu-jou-ais-au-pen-du-ou-bien-tu-des-siii-nais ? »

Guillaume ne répond pas : il est trop consterné.

Doudou sent qu'il est temps qu'il prenne les choses en main.

« Qu'est-ce qu'on peut faire pour arranger ça ? demande-t-il à Idda, sur le ton de la conversation normale.

— Me réécrire *blonc* convenablement.

— J'ai fait de mon mieux », avoue Guillaume, tout penaud.

Furtivement, il pense à M. Pennac : « L'orthographe, c'est de la mémoire visuelle, dit toujours celui-ci. Ceux qui lisent beaucoup écrivent sans faute ! » Et flûte pour Pennac et ses ennuyeuses leçons de morale ! Le garçon s'ébroue avec agacement.

« Peut-être que je peux intervenir ? Je suis bon en dictée », propose Doudou.

Idda pousse un soupir qui ressemble à un aboiement :

« Essaie toujours *bzzz gnac,* de toute façon ça ne *glouc* peut pas être pire ! »

— OK. File-moi ton Bic, camarade ! »

À son tour, devant la feuille vierge, il se concentre. L'histoire racontée par Guillaume lui revient par bribes ; la transcrire ne doit pas être bien compliqué.

« C'est-la-nuit-noire,-chez-moi j'é-coute-M.-C.-Solaar-Faut-pas-croire-que-j'm'endors,-non- je-regarde-de-hors-Soudain-une-fille-sort-par-une-porte-co-chère-Elle-est-si-cool,-si-bel-le-que-moi,-yo,-j'cours-derri-ère. »

Idda jette un coup d'œil par-dessus l'épaule de Doudou. Il frétille sur sa chaise tout en écrivant, car les mots lui viennent en rythme. Bonne orthographe, tournures de phrases correctes, bien qu'un peu argotiques... Idda reprend vaguement espoir.

« Dans-le-ciel-la-lune-pointe-sa-tête.-Nous-v'là-près-d'la-bi-bli-o-thèque.-C'est-tell'ment-grand-et-tell'ment-beau-que-yo !-manque-plus-que-la-tech-no.-Voilà-la-fille-qui-rappe-et-me-sourit,-mon frère, la-ville-est-pleine-de-lu-mière. »

Doudou ne voit plus rien, n'entend plus rien ; il s'est évadé de la réalité, et vit, dans son texte, des moments de bonheur fantastiques.

Pour la seconde fois, une nuée prend corps dans la pièce.

Guillaume a le cœur battant. Un poids de cent kilos lui tient lieu d'estomac. Idda, quant à elle, tremble d'émotion. Ses mains piétinent d'impatience sur la moquette.

Sûr, Doudou a réussi ! Normal : il est le meilleur de la classe en rédaction et en dictée !

Dans un instant, la vraie Ida va apparaître !

Comme précédemment, la nuée se métamorphose lentement en jeune fille. Et cette fois, ses membres sont à la bonne place : les mains au bout des bras, les pieds au bout des jambes. Mais ces bras et ces jambes ne cessent de bouger.

La nouvelle Ida « rappe ».

À la place des petits souliers d'anniversaire, la nouvelle Ida porte des « Nike » délacées. Sur sa tête est posée une casquette à l'envers. Un jean et un sweat-shirt complètent la tenue. Et en plus... la nouvelle Ida est noire.

Elle et Doudou se sourient joyeusement.

« Hello, sister ! s'écrie celui-ci, abandonnant son stylo.

— Mais... c'est pas mon Ida ! » proteste Guillaume.

Doudou prend l'air faussement penaud.

« Non, mais c'est la mienne, explique-t-il. Sur le

papier, je ne pouvais mettre que mon monde intérieur, pas le tien ! Et la fille de mes rêves... la voici ! »

Il la prend par la main.

« Je vous présente Adi !

— Ben c'est pas *pouac* comme ça *blouc* que je vais *grrr* m'arranger, moi ! grince Idda de sa voix abominable.

— Désolé, j'ai fait ce que j'ai pu », s'excuse Doudou.

Son visage radieux dément ses paroles. Il n'est pas désolé du tout, il est ravi. Lui et Adi vont si bien ensemble !

« Nous voilà dans de beaux draps ! » conclut Guillaume, effondré.

Et comme pour donner plus de poids à ses paroles, Idda est saisie d'un hoquet qui la fait sauter à travers la pièce, bousculant le bureau, la chaise, la console de jeux, le bocal du poisson rouge. Parole, on dirait qu'elle est montée sur ressorts !

8

« Bon ben... qu'est-ce qu'on fait, maintenant ? »
demande Guillaume après un moment de réflexion.

Doudou, occupé à remettre de l'ordre dans la
pièce – redresser la chaise tombée, ranger la console
et le bocal, repousser le bureau à sa place initiale –,
se gratte la tête avec perplexité :

« Heu... Faudrait s'asseoir et délibérer. »

Suggestion acceptée à l'unanimité. Ils s'installent
tous les quatre en tailleur, les uns en face des autres
sur le tapis.

Le hoquet d'Idda s'est calmé, mais maintenant,
elle fait craquer les phalanges des mains qui lui

servent de pieds. C'est très énervant. Adi fredonne. Elle est vraiment jolie. Sous la casquette à l'envers, sa tignasse crépue tirebouchonne, et des tortillons étirés balaient son nez mutin. Guillaume se ronge les ongles – décidément, c'est devenu une manie ! – en se demandant quelle tête vont faire ses parents s'ils rentrent et trouvent tout ce monde à la maison. Surtout Idda, qui n'est pas présentable.

Doudou, lui, se creuse la cervelle.

« Je ne vois qu'une seule solution », finit-il par décréter.

Tous les regards se tournent vers lui. Sauf ceux d'Idda, bien sûr, qui vont à l'opposé. Mais ça ne l'empêche pas d'être très attentive.

« Laquelle ? demandent-ils tous en même temps.

— Que Guillaume devienne écrivain !

— Et pourquoi pas cosmonaute ou explorateur, tant que tu y es ! bondit l'intéressé.

— C'est pas si bête, pourtant..., intervient Adi.

— Suffit *pof* d'un peu d'imagination... et *crac* d'orthographe !

— L'imagination, tu n'en manques pas, poursuit le Black. L'orthographe, ça s'apprend : suffit de suivre les cours de grammaire, et d'aller voir de temps en temps dans le dictionnaire. Quant à la ponctuation...

— Ah, *gloups pouet,* la ponctuation..., se désole Idda, en regardant ses membres inversés.

— ... elle vient toute seule, à condition d'être attentif au rythme de ses phrases. »

Adi applaudit : le rythme, ça la connaît !

« Les mots et les notes, c'est pareil : faut que ça balance ! Et pas de travers, évidemment ! Avec des silences au bon endroit, pour respirer ! »

Guillaume se bouche les oreilles.

« Arrêtez, tous les deux : j'ai l'impression d'entendre M. Pennac ! De toute façon, même si je voulais, je ne pourrais pas : j'ai pas le grimoire. »

Son visage s'altère, il regarde ses compagnons les uns après les autres.

« Et pourtant, je vous jure que pour retrouver Ida, je serais prêt à tous les efforts. Si j'étais sûr que ça me la ramène, j'apprendrais à écrire comme il faut. Et des dictées... j'en ferais vingt par jour !

— Cou-ra-ge,-mon-gars,-rien-n'est-peeer-du ! s'exclame Doudou. Ton-grimoire,-à-nous-quatre,-on-mettra-la-maiiin-d'ssus ! »

Il se tourne vers les filles.

« Vous-marchez-avec-nous,-c'est-d'accord,-les-naaanas ?-On-a-vraiment-besoin-de-deux-p'tites-mômes-syyympas !

— Yo !

— *Crouic bloc !*

— Alors... On y va ? »

Au même instant :

« Guillaume ! Nous sommes rentrés ! » fait la voix de maman, venant du vestibule.

Guillaume pâlit.

« Flûte, ma mère ! Faut pas qu'elle vous trouve ici !

— Pourquoi ? s'étonne Doudou.

— Elle ne supporte pas que je ramène du monde à la maison, quand elle n'est pas là. Un copain, c'est le maximum. »

Idda rigole. C'est encore pire que lorsqu'elle grince.

« T'en fais pas, *bouic padabam,* Adi et moi, on est invisibles.

— Invisibles ? s'écrient les deux garçons en chœur.

— Il n'y a que les rêveurs qui peuvent nous voir. Tes parents sont-ils des rêveurs, Guillaume ?

— Heu... Je ne crois pas. »

Un pas énergique se rapproche, la poignée tourne.

« Nous serons fixés dans un instant, dit Doudou.

— Tout s'est bien passé, aujourd'hui ? » demande maman, ouvrant la porte.

Guillaume n'en mène pas large. Adi et Idda se poussent du coude en gloussant. Enfin... le coude d'Adi pousse le genou d'Idda.

« Tiens ? Bonsoir, Doudou, dit maman. Tu es venu tenir compagnie à Guillaume ?

— Il m'a apporté... mes devoirs..., articule Guillaume avec difficulté.

— Je te remercie, mon grand. Maintenant, il faut que tu rentres chez toi car nous allons nous mettre à table. »

Elle s'en va. Docilement, Doudou récupère son blouson et l'enfile.

Les jambes coupées par l'émotion, Guillaume s'est laissé choir sur sa chaise.

« Alors, qu'est-ce que je disais ? s'esclaffe Adi. Idda et moi, on n'existe pas pour elle. Faut pas oublier qu'on est des fantasmes, tout de même ! Et fantasmer, ce n'est pas donné à n'importe qui ! »

Quelque chose tracasse Guillaume.

« Si elle était invisible, pourquoi Ida a-t-elle eu si peur que le gardien la voie, dans la bibliothèque ?

— Elle a eu peur qu'il TE voie, c'est tout *bloux pom* ! précise Idda. C'est pour ça qu'elle t'a *clonk* entraîné dehors !

— À propos de bibliothèque, on y va, cette nuit ? » suggère Doudou.

Les deux filles hochent affirmativement la tête.

« Bien sûr ! s'écrie Guillaume. Tu pourras sortir ?

— Je me débrouillerai. Tu viens, Adi ?

— À minuit, devant la petite porte !

— OK. »

Tandis que les deux rappeurs s'éloignent bras

dessus, bras dessous, Guillaume jette un coup d'œil, par-dessus son épaule, sur la compagne qui lui reste.

Installée sur le lit, Idda se cure les ongles. Ceux des mains... ou des pieds... bref, un peu des deux.

« Un fantasme aussi moche, je m'en serais bien passé ! » soupire le garçon en se dirigeant vers la salle à manger.

9

Pour une fois, Guillaume, le repas terminé, ne file pas s'enfermer dans sa chambre. Il s'installe avec ses parents dans le salon, et regarde le journal télévisé. Maman s'étonne :

« Tu nous fais l'honneur de ta compagnie, ce soir ? »

Le garçon ne répond pas. Comment avouer à ses parents qu'il préfère encore les infos – plutôt déprimantes, en général ! – au tête-à-tête avec un fantasme raté ?

Vers dix heures et demie, après le film, papa éteint le poste.

« Au lit ! » dit maman, qui bâille depuis un bon moment déjà.

Elle a l'air épuisée et papa ne vaut guère mieux. Une chance ! Ils ne vont pas tarder à s'endormir, et la voie sera libre. Guillaume se réjouit furtivement de ce que ses parents ne soient pas « des couche-tard ». Puis il regagne son antre, à contrecœur.

Idda n'a pas perdu son temps. Durant toute la soirée, elle s'est exercée à marcher sur les mains... enfin, sur les pieds. Les chaussures à talons sont donc, à nouveau, posées sur le sol. Pour le reste, Idda est à l'envers, ce qui ne change pas grand-chose à sa curieuse apparence. Afin que ses jupes ne lui retombent pas sur le visage, elle a pris soin de les attacher à ses poignets avec une ceinture, à la manière d'un parapluie fermé. Ses grands cheveux, par contre, balaient le tapis. Elle trébuche quelquefois dedans, mais en prend son parti avec sérénité.

« Je commençais à avoir, *bouic,* des ampoules dans les paumes, *crac couic* », explique-t-elle.

Pour passer le temps en attendant le rendez-vous, ils font une partie de petits chevaux qu'Idda gagne (avec d'autant plus de mérite qu'elle voit le jeu inversé). Puis, vers minuit moins le quart :

« Allons-y ! » dit Guillaume.

Idda traverse l'appartement et inspecte le palier : être invisible présente de sérieux avantages, lorsqu'on se met dans l'illégalité ! Aucun danger à l'horizon ? Ni parents ni voisins pour surprendre le fugueur ? En avant !

Quand ils arrivent à la bibliothèque, les deux autres sont déjà là et dansent sur le parvis, comme dans le texte de Doudou.

« Vous trouvez que c'est le moment ? s'indigne Guillaume.

— C'est-toujours-le-moment,-mon-pote, pour-la-muuu-sique,-que-ce-soit-à-Paaaris,-New-York-ou-en-Aaa-frique ! » répond sentencieusement Doudou.

L'instant d'après, l'expédition s'introduit dans le bâtiment.

« Pas de bruit, surtout ! » recommande Guillaume en marchant sur la pointe des pieds.

Dans le couloir, les deux filles ne peuvent s'empêcher de jouer à la marelle en se bousculant. Leurs rires, heureusement, ne sont audibles que par les garçons.

Arrivés dans la grande salle :

« Comment on procède ? » demande Doudou.

Tous les regards se tournent vers Idda.

« J'en sais rien, moi, *bouic ploc,* proteste Idda. Débrouillez-vous ! »

Elle a décidé de faire sa mauvaise tête. Un caractère ronchon va très bien avec son physique !

« Même si tu es ratée, tu n'as pas perdu la mémoire, je suppose, dit Guillaume. Alors mets-y un peu de bonne volonté, sinon tu ne redeviendras jamais normale !

— *Alice au Pays des Merveilles, crac,* grogne Idda, à contrecœur.

— Quoi, *Alice au Pays des Merveilles ?*

— Quand tu m'as surprise l'autre soir dans la bibliothèque, j'étais en train de chercher *Alice au Pays des Merveilles. Poum patapoum.* Il paraît que c'est un des livres-clé de la littérature pour jeunes, et je ne l'ai *clac* jamais lu.

— À cause du jupon, commente Guillaume pour les deux autres. Elle l'a échangé.

— Quel jupon ? demande Adi.

— Celui que *boum* je porte. »

Adi écarte la cape entortillée autour des bras-jambes d'Idda, découvrant de ravissants frous-frous roses.

« Super ! s'exclame-t-elle. On dirait un tutu de ballerine, tu me le prêteras ? »

Doudou inspecte déjà les rayonnages, où les ouvrages sont classés par auteur.

« C... C... Camus... Carcot... Ah, Carroll, c'est ici. »

Il sort un livre à la reliure pourpre et or, l'ouvre.

« Ooooooh ! » font-ils tous les quatre.

Les couvertures des livres sont des portes qui donnent, non sur des textes arides comme on le croit souvent, mais sur de fabuleux univers. Celui-ci n'est autre qu'un magnifique jardin plein de fleurs et de fontaines.

Des chants d'oiseaux emplissent la bibliothèque, ainsi que le parfum des parterres qui se déploient jusqu'à l'horizon.

« Quelle merveille ! » s'exclame Adi, joignant les mains.

Guillaume n'en revient pas.

« On peut rentrer... là-dedans ?

— Ça ne coûte rien d'essayer ! »

Doudou saute à pieds joints dans le jardin, suivi par son inséparable Adi.

« Hip-hop-par-ici-mes-aaa-mis, crie-t-il aux deux autres qui hésitent encore, ye-pee !-on-est-tombés-dans-un-vrai-paraaa-dis ! »

Déjà Adi tourbillonne dans le gazon.

Guillaume file un coup de main à Idda, handica-pée par sa position d'acrobate, et d'un bond ils rejoignent leurs copains.

« Incroyable..., murmure Guillaume. Je n'aurais jamais cru que c'était si facile de rentrer dans un livre !

— Regardez, il y a des gens ! » souffle Adi.

À quelques mètres se dresse un grand rosier cou-vert de roses blanches. Trois jardiniers armés de pin-ceaux s'affairent à les peindre en rouge. Intrigués, les adolescents s'approchent. Tout à leur curieux labeur, les jardiniers ne remarquent pas leur présence.

« Fais attention, le Cinq, tu m'éclabousses de peinture ! s'exclame l'un d'eux, d'un air furieux.

— Ce n'est pas ma faute, réplique son confrère, c'est le Sept qui m'a poussé le coude ! »

Le Sept se rebiffe aussitôt :

« Tu accuses toujours les autres à tort et à travers !

— Toi, tu ferais mieux de te taire ! lui jette le Cinq. Pas plus tard qu'hier, j'ai entendu la Reine dire que tu méritais d'avoir la tête tranchée !

— Pourquoi peignez-vous ces fleurs ? » demande Adi, que son statut de fantasme rend plus audacieuse que ses camarades.

Les jardiniers se retournent. Ils n'ont pas d'épaisseur : ce sont des cartes à jouer. Le Deux, le Cinq et le Sept de Pique.

« Je me suis trompé de couleur en plantant mes rosiers, avoue le Deux. Si la Reine s'en aperçoit, elle me fera décapiter... »

Le Sept lance un regard suspicieux aux nouveaux arrivants.

« Vous n'êtes pas les premiers à nous poser cette question, signale-t-il. Je trouve ça bizarre. Ne seriez-vous pas des espions du gouvernement, par hasard ? Il y a un quart d'heure, déjà, une petite fille blonde... »

Mais il est interrompu par le Cinq, qui surveillait les alentours d'un air inquiet et s'écrie à tue-tête :

« La Reine ! La Reine ! »

Sans hésiter, les trois jardiniers se jettent à plat ventre sur le sol, de sorte qu'il devient impossible de les identifier.

« C'est vous qui l'avez avertie, n'est-ce pas ? » accuse le Sept.

Mais sa voix se perd dans le gazon.

« Qu'est-ce qu'on fait ? » chuchote Guillaume, pas très rassuré.

Doudou n'a pas le temps de lui répondre : un discordant brouhaha s'élève non loin d'eux, et l'escorte royale apparaît.

Un vrai cortège de carnaval !

D'abord viennent dix soldats, porteurs de masses d'armes en forme de trèfles. Ils sont, comme les jardiniers, plats et rectangulaires, leurs mains et leurs pieds fixés aux quatre angles. Puis c'est le tour des as, en habits constellés de diamants. Derrière eux défilent, se tenant la main deux par deux, les dix enfants royaux. Ils sautillent et sont ornés de cœurs de la tête aux pieds. Les invités de marque les suivent, souverains pour la plupart, ainsi qu'un lapin blanc pourvu d'une chaîne de montre, qui parle tout seul de manière craintive et précipitée. Enfin, précédés du Valet de Cœur qui porte la couronne sur un coussin de velours, s'avancent LE ROI ET LA REINE DE CŒUR.

Guillaume répète sa question.

« On évite de se faire remarquer, dit Adi, pleine de bon sens.

— Et on salue poliment, ajoute Doudou, qui en oublie de marquer la mesure.

— Pour s'adresser à une reine, *blouc couic,* comment faut-il dire ? se renseigne Idda. "Madame" ? "Votre *tchacatchac* Seigneurerie" ? "Votre Majesté" ? »

La Reine de Cœur est vraiment une vilaine bonne femme. Non seulement elle doit peser plus de cent kilos et se dandine comme un éléphant, mais ses traits reflètent une méchanceté peu commune. Gros nez rouge, petits yeux cruels, dents pointues prêtes à mordre tout ce qui bouge, on ne peut s'empêcher de la détester d'office.

À côté d'elle, Idda serait presque jolie...

Justement, la Reine vient de la remarquer.

« Qu'est-ce que c'est que ça ? » s'exclame-t-elle en fronçant les sourcils.

Tous les yeux de l'assistance se tournent vers la jeune fille.

« Voulez-vous bien vous remettre à l'endroit ! lui

intime la Reine. Ce n'est pas une tenue pour une personne convenable ! »

Idda est bien embarrassée : elle ne s'attendait certes pas à ce qu'on critique son physique ! Surtout avec autant de hargne !

« Je ne peux pas, *bof pouic crac,* répond-elle de sa voix de crécelle, je suis bourrée de *chtoumb* fautes d'orthographe ! »

Le faciès de la Reine, déjà coloré par nature, devient cramoisi.

« Vous refusez d'obéir ? glapit-elle. Vous OSEZ refuser d'obéir ? Et vous vous moquez de moi en produisant des bruits incongrus ? »

Se tournant vers sa garde, elle ordonne :

« Qu'on lui coupe la tête ! »

Un grand silence suit la sentence. Guillaume réagit le premier.

« Vous êtes dingue ? » s'exclame-t-il, faisant front à la mégère.

Suffoquée par tant d'audace, celle-ci fulmine. La férocité déforme ses traits déjà hideux. De la fumée lui sort par les narines. Avec un angoissant automatisme de disque rayé, elle braille :

« Coupez-lui la tête, à celui-là ! » (Elle montre, de son gros doigt bagué, le reste de la troupe.) « Et à celui-là, et à celle-là ! Décapitez-les tous ! »

Leurs armes en avant, les dix soldats se précipitent.

« Ça-sent-mauvais-les-copains-par-iiiici !-Si-on-ne-fait-pas-gaffe,-paf !-on-s'ra-raccouuurcis ! » s'exclame Doudou, qui n'a pas perdu son sang-froid.

Il attrape Adi par le bras, et jette à Guillaume :

« Filons, camarade ! »

Guillaume ne se le fait pas répéter. Entraînant Idda, il prend, lui aussi, ses jambes à son cou, sous le nez de la garde médusée.

« Majesté, ils se sauvent !

— Ils trichent !

— Ils ne jouent pas le jeu !

— Qu'on leur coupe la tête ! Qu'on leur coupe la tête ! »

Le jardin est bordé par une forêt dans laquelle les fuyards s'engouffrent. Hors d'haleine, ils se laissent tomber par terre. Tandis que les trois autres récupèrent, Doudou, caché derrière un taillis, observe de loin le cortège en effervescence, dont les rumeurs lui parviennent indistinctement.

Personne n'a songé à les suivre, mais la colère de la Reine s'est retournée contre les trois jardiniers qui, maintenant debout, tremblent de tous leurs membres. Passant ironiquement l'index sur son propre cou, l'horrible femme mime l'exécution. Et malgré la distance, l'ordre hystérique parvient aux oreilles des adolescents, porté par le zéphyr :

« Qu'on leur coupe la tête ! Qu'on leur coupe la tête !

— Ils sont tous fous, ici ! s'exclame Guillaume.

— Et dangereux ! » renchérit Adi.

Idda surtout est en colère : les reproches de la Reine lui restent en travers de la gorge.

« Si je me retrouve un jour en face de cette punaise, *couic clonc,* je ferai plein de fautes en écrivant son nom. Je mettrai... renne, ou reihne, ou encore mieux raihnne ! On verra à quoi elle ressemblera, alors ! *Grouic badabam !*

— On explore la forêt ? » propose Adi qui ne tient pas en place.

Elle a déjà commencé à fureter, et repéré des plants de myrtilles qu'elle déguste par poignées. Les autres ne se font pas prier pour l'imiter.

« Heureusement qu'il y a quand même des bonnes choses, dans ce livre ! dit Guillaume, la bouche pleine. Sinon, je regretterais d'être venu !

— Je te signale, *agaga bloum* , que tu as une mission à remplir ! lui rappelle Idda. Le grimoire ne se *gling* trouvera pas tout seul. Et t'as intérêt à te grouiller, *dougoudoum* : j'en ai vraiment marre *tchouk tchouk* de ressembler à n'importe quoi ! »

Tandis qu'elle parle, ses yeux tressautent dans

tous les sens à une vertigineuse rapidité. S'ils se décrochaient et jaillissaient de leurs orbites pour tournoyer comme des comètes dans l'espace, cela n'étonnerait personne.

10

Une fois rassasiés, leurs langues et le bout de leurs doigts barbouillés de jus mauve, les quatre ados se décident à repartir. Un tout petit sentier serpente entre les arbres et se perd dans les profondeurs végétales. À la queue leu leu, ils l'empruntent, repérant çà et là des nappes de champignons, d'étranges mousses en forme d'étoiles, des pieds de violettes cachés sous la verdure, des papillons multicolores. Adi s'amuse à poursuivre l'un d'eux, dont les ailes translucides s'ornent de taches bleues et jaunes.

« Là ! Regardez ! » s'écrie soudain Guillaume, parti en éclaireur.

Le chemin débouche sur une clairière baignée de

soleil, au centre de laquelle se dresse une chaumière. Toit rouge, murs blancs, volets verts : on dirait une maison de poupée.

« Que c'est joli ! s'exclame Adi. Les gens qui habitent ici sont sûrement gentils. On ne peut pas être méchant et vivre dans un endroit pareil !

— T'y-fie-pas-sister,-ça-ne-veut-rieeen-dire, répond sentencieusement Doudou, ici-le-meilleur-peut-cacher-leee-pire !

— Ils ont peut-être des renseignements à propos du grimoire », suggère Guillaume.

Il s'apprête à toquer, lorsqu'un laquais en livrée sort du bois en courant, le bouscule, et de son doigt replié frappe à la porte. Ce laquais a un visage de poisson, de grands yeux ronds et froids, et ses ouïes palpitent sans arrêt.

Une seconde plus tard, quelqu'un ouvre : un domestique-grenouille portant une perruque poudrée. Les deux animaux se saluent, puis le poisson tend une lettre à son collègue en disant d'un ton solennel :

« Pour la Duchesse. Invitation de la part de la Reine à une partie de croquet.

— De la part de la Reine pour la Duchesse. Invitation à une partie de croquet », répète la grenouille.

Ils s'inclinent tous deux très bas, leurs perruques s'entremêlent, puis le messager tourne les talons et s'en va.

Une fois seul, le domestique-grenouille s'assied mélancoliquement sur le pas de la porte, et regarde le ciel avec une attention soutenue.

« Heu... bonjour », dit Guillaume qui durant tout ce temps est resté sans bouger.

L'autre fait comme s'il n'avait rien entendu.

« Je crois que je vais rester ici jusqu'à demain..., murmure-t-il, se parlant à lui-même.

— Hé-mec-t'es-sourd-ou-quoi ?-J'te-signa-le-qu'on-teeee-cause,-alors-t'es-prié-de-répondre-quelqueeee-chose ! insiste Doudou, qui ne supporte pas l'impolitesse.

— Tu crois qu'il ne nous a pas vus ? » glisse Adi à Idda.

Celle-ci essaie de hausser les épaules, mais ne réussit qu'à se faire mal aux genoux.

À cet instant, la porte s'ouvre et une assiette vole droit en direction du domestique. Elle ne fait, heureusement, que lui effleurer le nez et va se briser en mille morceaux contre les arbres, derrière lui.

Il ne semble même pas remarquer le projectile.

« ... ou peut-être même jusqu'à après-demain..., poursuit-il, impassible. À moins que je ne m'y installe définitivement...

— Il est idiot, ce type ! » affirme Guillaume.

Et, l'enjambant, il rentre dans la maison, suivi de ses trois compagnons.

La pièce où ils pénètrent est une vaste cuisine enfumée. Assise au milieu de la pièce, la Duchesse berce un bébé. Penchée au-dessus du feu, une cuisinière remue une louche dans un chaudron. Une fillette en robe de dentelle la regarde faire en répétant plaintivement :

« Il y a trop de poivre dans cette soupe ! Il y a trop de poivre dans cette soupe ! »

Ce n'est pas seulement dans la soupe qu'il y a trop de poivre : l'atmosphère en est saturée.

« Aaaa... tchoum !

— Aaaa...

— Tchoum ! »

Guillaume renifle à qui mieux mieux, Adi a les yeux pleins de larmes, quant à Doudou et Idda, on dirait qu'ils font un concours d'éternuements.

Ils ne sont pas les seuls : la Duchesse éternue également, ainsi que le bébé.

« Faut ouvrir les fenêtres ! » s'exclame Guillaume.

À ces mots, la fillette se retourne. Elle est blonde, plutôt mignonne, et n'a pas plus d'une dizaine d'années.

« J'allais le proposer ! » dit-elle.

Elle s'avance vers les nouveaux venus, la main tendue.

« *Good morning,* dit-elle avec un fort accent anglais, moi c'est Alice, et vous ?

— Atchoum ! » ne peut que répondre Guillaume, en guise de présentation.

À cet instant, un effroyable hurlement s'élève : la Duchesse, dont la laideur et l'agressivité n'ont rien à envier à celles de la Reine, semble hors d'elle :

« Cochon ! » fulmine-t-elle.

C'est au bébé qu'elle s'adresse. Le pauvre petit pleure à fendre l'âme.

« Mais... elle va le casser ! s'effare Adi. Regardez comme elle le tient ! »

Par un pied, absolument ! Et elle ne cesse de l'agiter dans tous les sens en chantant maintenant à tue-tête :

« Soyez ferme avec votre enfant
Battez-le quand il éternue :
Cet affreux petit garnement
Le fait exprès, la chose est bien connue ! »

Comme si elle n'avait attendu que ce signal pour se déchaîner, la cuisinière retire le chaudron du feu et entreprend de lancer, en direction de la Duchesse, tout ce qui lui tombe sous la main. D'abord les pincettes et le tisonnier, puis une ribambelle de casseroles, de plats et d'assiettes.

La Duchesse, aussitôt, se sert du bébé comme bouclier.

Une énorme casserole fend l'air et effleure le front du malheureux enfant, qui redouble de pleurs.

« Hé ! Attention, vous allez lui faire mal ! » crie Adi, se précipitant au beau milieu des projectiles.

Guillaume et Doudou se sont jetés à plat ventre sur le carrelage. Ils se protègent la tête de leurs mains. Idda, roulée en boule, n'est plus qu'une pelote de bras et de jambes emberlificotés. Quant à Alice, galvanisée par le courage d'Addi, elle la suit comme son ombre en braillant de toutes ses forces : « Arrêtez ! Arrêtez ! »

La Duchesse, qui depuis un instant lançait le bébé en l'air pour le récupérer au vol, l'envoie aussitôt dans la direction de la fillette :

« Occupez-vous de lui si cela vous fait plaisir ! lui dit-elle. Je dois me préparer pour aller chez la Reine. »

Alice attrape de justesse le malheureux petit être. Mais le garder dans ses bras n'est pas chose facile : il gigote, se tortille, agite frénétiquement ses membres en haletant comme une machine à vapeur. Alice n'arrive à l'empêcher de tomber qu'en le repliant en une sorte de nœud, qu'elle maintient par l'oreille gauche et le pied droit.

Puis, suivie d'Adi et de toute la bande, elle sort à l'air libre.

« Quel pays de fous ! Quel pays de fous ! ne cesse de répéter Guillaume, abasourdi.

— Nous aussi nous sommes fous, sinon nous ne serions pas ici, répond gravement Alice.

— Pas du tout ! protestent Adi et Doudou en chœur.

— Mon corps est dingue, peut-être, *cataclop*, mais pas l'intérieur de ma *bougl* tête ! précise Idda.

— C'est pour remplir une mission qu'on est rentrés dans ce bouquin, ajoute Guillaume.

— Une mission ? Quelle mission ?

— Tu n'aurais pas entendu parler d'un grimoire ? »

Le bébé, qui a cessé d'éternuer, produit un grognement incongru.

« Je n'aime pas votre manière de vous exprimer, mon cher ! » le semonce Alice.

Puis revenant à ses nouveaux copains :

« Un grimoire... Non, je ne crois pas en avoir vu au cours de cette histoire... À moins que... »

Nouveau grognement, plus fort cette fois.

« Vous ne trouvez pas qu'il a une drôle de tête, ce bébé ? » remarque Adi, qui l'observe depuis quelques minutes.

Son nez est curieusement retroussé, et ressemble plus à un groin qu'à un vrai nez. Ses yeux, depuis tout à l'heure, ont beaucoup rétréci. Pas de doute, sa physionomie se modifie d'instant en instant.

Est-ce le chagrin qui le métamorphose de la sorte ?

« Si vous êtes sur le point de vous transformer en cochon, je refuse de m'occuper de vous ! le prévient sévèrement Alice. Je trouve votre attitude inadmissible ! »

Un dernier grognement lui répond, plus violent que les précédents. Cette fois, plus de doute : c'est bel et bien un porcelet qu'elle tient dans ses bras, vêtu d'une brassière rose et d'un bonnet à rubans.

« Ça tombe bien, dit Alice, je me demandais ce que j'allais en faire : mes parents ne veulent plus d'enfant, et c'est très incorrect d'être mère à mon âge. »

Avec un certain soulagement, elle le pose par terre. Il s'ébroue et se dirige en courant vers le bois.

« En grandissant, il serait devenu un enfant terriblement laid, conclut-elle, tandis que comme cochon, il est plutôt joli. Je connais un tas de gens dans le même cas. Mon cousin Henry, par exemple. Il faudra que je lui en parle. »

Puis, sautant du coq à l'âne :

« À propos de ce grimoire, quelque chose me revient brusquement. Au début de cette histoire, ma sœur lisait un drôle de livre. Elle pourra peut-être vous renseigner...

— Où se trouve-t-elle ?

— À la page 1, je crois. Premier paragraphe.

— Comment *crouic badaboum* va-t-on à la page *blouc* 1 ?

— Suivez le cochon ! »

Et tandis que les quatre ados se lancent sur les traces de l'animal, Alice se tourne vers un arbre voisin, où elle vient d'apercevoir un chat, doté d'un étrange sourire. C'est l'un de ses amis.

Ils se retrouvent bientôt en grande conversation.

11

« Là, là ! » crie Guillaume.

Le cochon vole littéralement à travers la verdure. La course l'a débarrassé de son bonnet, et sa brassière ne tient plus que par une patte.

« Plus vite, faut qu'on le rejoigne ! »

Suivi de Doudou et des deux filles, Guillaume accélère, fend les fougères qui le giflent au passage, les taillis, les buissons touffus.

« *Crac bouic !* s'affole la pauvre Idda dont les cheveux se prennent dans les branchages.

— Courage, compatit Adi, on y est presque ! »

Guillaume pique un dernier sprint, plonge en avant comme au rugby, et attrape le cochon par la queue. Ce poids inattendu ralentit l'animal, ce qui permet aux trois autres de le rejoindre. Doudou agrippe la ceinture de Guillaume, Adi s'accroche au sweat de Doudou et tend à Idda, qui s'y cramponne de son mieux, une main secourable. Ainsi amalgamée, la troupe traverse le livre à la vitesse du vent.

Parcourir un livre dans le mauvais sens, c'est comme voir un film défiler à l'envers. Les séquences se suivent sans logique apparente, les gens marchent à reculons, tombent vers le haut, parlent avant d'ouvrir la bouche. Hallucinés, les quatre ados remontent l'histoire en accéléré, aperçoivent une chenille qui récite des vers en fumant le narghileh, une Alice géante coincée dans une maison miniature, une course à pied sans but et sans point de départ, un océan de larmes.

Au fur et à mesure qu'ils avancent, le cochon accélère.

« Ne lâchez pas, surtout ! » recommande Guillaume.

Voici le terrier du lapin blanc. La troupe, comme aspirée vers le haut, monte, monte au milieu des cartes géographiques et des pots de confiture qui garnissent les parois de l'étroit boyau, et atteint bientôt la surface.

« Attention, crie Guillaume qui comptabilise les pages, le premier chapitre est en vue ! »

« Assise aux côtés de sa sœur sur le talus, Alice commençait à être fatiguée de n'avoir rien à faire. Une fois ou deux, elle avait jeté un coup d'œil sur le livre que lisait sa sœur, mais il n'y avait dans ce livre ni images ni dialogues. "À quoi peut bien servir un livre sans images ni dialogues ?" pensait Alice. »

« C'est ici ! hurle Guillaume.

— Si on lâche maintenant, on va se casser la figure, proteste Doudou.

— Le grimoire ! Le grimoire *bouic clac* ! » s'égosille Idda.

Trop tard ! Le cochon a franchi la porte.

Mais...

« On a perdu Idda ! » beugle Adi.

Elle se retourne, et n'a que le temps de voir sa compagne rouler dans le gazon, qu'un lapin blanc traverse en regardant l'heure à sa montre, avant que le livre ne se referme.

Le cochon ne s'arrête pas pour autant. Comme un éclair, il traverse la bibliothèque, les trois ados toujours cramponnés à sa queue.

D'étranges bruits s'échappent des rayonnages, où quelques livres sont entrouverts : cris, vociférations, fracas de trains, d'avions, de fusées, appels, rires, soupirs...

Soudain :

« Petit cochon ! » rugit une voix acariâtre, sortant d'un mince ouvrage cartonné.

L'animal freine des quatre pattes, oblique vers celui-ci et y plonge sans hésiter.

Ce n'est qu'une fois à l'intérieur qu'il ralentit. Les ados en profitent pour l'abandonner, et se retrouvent tous trois, quelque peu étourdis, dans la rue d'un petit village de campagne.

12

« Cochon ! Vilain cochon ! »

La voix provient d'une maison entourée d'un muret, derrière lequel on peut apercevoir, entre les carrés de salades, des cages à lapins pauvrement bricolées et du linge qui sèche. Quelques poules picorent çà et là. Un grand chien d'allure sympathique se baguenaude en flairant parmi les volailles, que sa présence ne trouble guère.

La porte de la maison s'ouvre et un garçon en sort, portant une bassine. Ses cheveux roux en désordre retombent n'importe comment sur son museau chafouin, tavelé de taches de rousseurs. De sa culotte trop grande émergent des jambes maigres, aux genoux cagneux, terminées par de grosses bottines à boutons. Crottées, ces bottines. Très crottées. Et vraiment mal en point.

« Dégoûtant ! Petite salissure ! » continue la voix derrière lui.

Une femme en tablier apparaît à son tour. Elle semble furibonde et reste sur le seuil, à invectiver rageusement son fils :

« Surtout, pose-la bien en vue ! Il faut que tous les voisins défilent devant, pour ta confusion ! »

Le rouquin obéit, la mine renfrognée. Puis la mère s'éclipse et il reste seul, à côté de sa bassine, à ruminer.

« Salut mon pote, dit Doudou, s'avançant vers lui. T'as des ennuis ? »

L'autre lève la tête, le regarde d'un air ahuri, ainsi qu'Adi qui l'accompagne. On dirait qu'il n'a jamais vu de Noirs.

Guillaume s'approche à son tour.

« Ils ont une drôle de couleur, tes amis ! » dit le rouquin.

Le grand rire de Doudou lui répond :

« Eh-oui !-On-a-tous-des-couleurs-ééétranges :-j'suis-noir-Guil-laume-est-blanc-et-toi-t'es-ooo-range.-La-nature,-son-truc,-c'est-la-variété,-c'est-pour-ça-qu'l'arc-en-ciel-a-été-inveeen-té ! »

Le rouquin réfléchit un instant, puis tend la main

aux trois autres. L'argument de Doudou l'a convaincu.

« Mme Lepic m'appelle "Poil de Carotte", dit-il.

— Qui est Mme Lepic ? demande Guillaume.

— Ma mère. Elle me trouve laid parce que je suis roux.

— Bienvenue au club des teints difficiles à porter ! » pouffe Adi, l'œil débordant de malice.

Cette dernière boutade achève de dérider Poil de Carotte.

« Vous, vous me plaisez ! déclare-t-il. Vous n'êtes pas comme mon frère et ma sœur, qui se moquent tout le temps de moi, et qui n'arrêtent pas de me faire des misères ! »

Avec enthousiasme, il tend la main à ses nouveaux amis. Ce geste un peu vif fait tomber quelque chose de sa poche. Quelque chose de vert, de poisseux, en forme de croissant.

« C'est quoi, ce machin ? »

Poil de Carotte rougit.

« Une écorce de melon », avoue-t-il.

Il jette un coup d'œil par-dessus son épaule pour s'assurer que personne ne le voit et, baissant le ton :

« Maman ne veut pas me donner de melon, à table, parce que c'est difficile à couper en cinq. Alors elle prétend que je n'aime pas ça, et je n'ose pas la contredire. En réalité, j'en raffole. Alors, quand elle m'envoie porter les déchets aux lapins, je vole les rognures que les autres ont mal raclées et où il reste encore un peu de rose, et je les lèche. »

Il regarde son trophée avec gourmandise, y passe un coup de langue furtif, et le refourre bien vite dans sa poche.

« J'en ai jamais goûté d'aussi sucré ! » apprécie-t-il.

Depuis un bon moment déjà, Guillaume est intrigué par le contenu de la cuvette.

« Qu'est-ce qu'il y a, là-dedans ? »

Toute la joie de Poil de Carotte s'efface de son visage.

« Des poux », répond-il, lugubre.

À la surface de l'eau flottent des dizaines d'insectes, en couche épaisse. On voit leurs petites pattes qui bougent. C'est un peu répugnant.

« Tu fais de l'élevage ? plaisante Doudou.

— Sur ma tête, oui, mais je m'en passerais ! Ma mère est furieuse, et j'ai le cuir chevelu en sang tellement elle a fouillé pour les retirer ! Elle a ameuté tout le village pour que j'aie bien honte, et elle m'a promis que la prochaine fois, ce serait encore pire. Sans doute me battra-t-elle... Ou alors, je resterai toute une journée sans boire et sans manger. »

Les autres n'en croient pas leurs oreilles.

« Tu seras puni... pour DES POUX ? s'effare Adi.

— Ce n'est pas ta faute, dit Guillaume : c'est un fléau !

— C'est TOUJOURS ma faute, affirme Poil de Carotte. TOUT CE QUI ARRIVE EST TOUJOURS MA FAUTE ! Et quand je ne fais pas de bêtise, ma mère en invente. Ça l'amuse de me gronder. »

Le chien, qui durant la conversation se tenait en retrait, a tout à coup besoin de compagnie. En trois bonds, il rejoint son maître et lui saute maladroitement dans les jambes.

« Aïe ! Tu m'as fait mal, Pyrame ! »

D'un méchant coup de pied sur la truffe, Poil de Carotte le repousse. L'animal pousse un jappement de douleur et s'éloigne, la queue basse.

« T'es vraiment un salaud, toi ! s'indigne Adi. Pourquoi as-tu fait ça ? Il voulait juste que tu le cajoles, pauvre bête ! »

Et elle se précipite derrière Pyrame pour le consoler.

Poil de Carotte émet une sorte de ricanement :

« Le cajoler ? Ha, ha ha ! Cajoler une bête alors que chez nous, on ne cajole même pas les gens ? Quelle drôle d'idée ! »

Il prend une expression butée et toise tour à tour Guillaume et Doudou.

« C'est normal que je frappe mon chien, ajoute-t-il : on me frappe bien, moi !

— Pauvre vieux ! compatit Guillaume.

— Tout le monde n'a pas la chance d'être orphelin, soupire le rouquin en fixant le bout de ses souliers crasseux.

— T'en fais pas, dit Doudou qui a étudié le bouquin en sixième, ce n'est qu'un mauvais moment à passer. Tu t'en sortiras, tu deviendras écrivain, et tu raconteras ton enfance dans un livre qui aura beaucoup de succès. »

Poil de Carotte s'esclaffe et, s'adressant à Guillaume :

« Il est un peu marteau, ton copain ! Écrivain, moi ? Et pourquoi pas pape, tant qu'il y est ? Ou Président de la République ? »

Mais Guillaume ne partage pas son hilarité. Il est très sérieux, même. Et très intéressé. Ce que vient de dire Doudou a fait « tilt » dans sa tête.

« T'en sais des choses, toi..., lui lance-t-il, plein d'admiration. Des fois, on a l'impression que t'es un adulte.

— Ben... c'est pas ma faute, c'est parce que j'aime bien lire... », répond Doudou d'un air modeste.

Un instant Guillaume reste pensif. Aimer lire, comme c'est curieux ! Il y en a qui ont vraiment de drôles de goûts...

Tiens, à propos de livre...

« Dis donc, Poil de Carotte, tu n'aurais pas un grimoire, toi, par hasard ?

— Un QUOI ? »

Guillaume et Doudou se consultent du regard.

« À mon avis, il ne l'a pas encore trouvé ! dit celui-ci.

— Et si on allait voir à la fin de l'histoire ? » suggère Guillaume.

Doudou se concentre, fait un effort de mémoire pour se rappeler sa lecture.

« Non,-pas-plus-de-grimoire-au-bout-de-ce-rééé-cit-que-d'poil-sur-une-carotte-ou-d'plume-sur-un-raaaa-dis ! finit-il par décréter.

— Flûte ! se désole Guillaume. On n'a rien à faire ici, alors ! Mais où aller ?

— Récupérer Idda, avant tout ! » dit Adi qui revient d'avoir caressé le chien et a entendu la fin de la phrase.

Poil de Carotte les écoute sans comprendre, tout en fourrageant dans sa chevelure.

« J'en ai encore », se plaint-il.

Il s'énerve, gratte de plus en plus fort.

« Arrête, tu vas te blesser ! dit Guillaume.

— Quand c'est maman qui le fait, c'est encore pire ! »

Ses yeux débordent de terreur.

« Qu'est-ce que je vais prendre si elle s'en aperçoit...

— J'ai une idée ! s'écrie Doudou en lui tapant amicalement dans le dos. Je connais quelqu'un qui va résoudre ton problème. »

Les yeux de Poil de Carotte se remplissent d'espoir.

« Ah ? »

Le Black a son grand sourire blanc et rose.

« En-avant-les-p'tits-gars,-ve-nez-tous-aveeec-moi ! »

Ils se retrouvent bientôt dans la rue, à l'endroit exact où ils ont quitté le cochon.

Ce dernier vaque paisiblement sur le talus, dont il fouille l'herbe d'un groin placide. Qui se douterait qu'il a été bébé, à un moment de sa vie ?

Doudou lui fait un petit signe en passant, mais l'animal ne bronche pas. Après tout, ce n'est peut-être pas lui, mais un VRAI cochon !

« Il doit y avoir un passage quelque part par ici. »

Adi, qui furète aux alentours, ne tarde pas à le trouver : un trou dans un vieux mur, masqué par un rideau de lierre.

« C'est là ! s'écrie-t-elle.

— Suis-nous », dit Guillaume au rouquin qui ne comprend rien à ce qui se passe.

Les uns derrière les autres, ils s'engouffrent dans l'ouverture.

13

Un qui est bien étonné d'aboutir dans la biblio-thèque, c'est Poil de Carotte !

« Je ne savais pas qu'un endroit pareil existait dans ma rue ! » déclare-t-il naïvement.

La multitude de livres l'émerveille. Il n'en a jamais vu autant, même au collège. Il touche, regarde, ne sait plus où donner de la tête. C'est que, contraire-ment à Guillaume, lui, les livres, il aime ça ! Mais, hélas ! personne ne veut lui en donner : ses parents disent que c'est un âne, et les ânes ne lisent pas...

« On va rejoindre Idda ? propose Adi, prête à filer vers le rayon des "C".

— Pas tout de suite, dit Doudou : on reste dans les "R".

— Qu'est-ce que tu cherches ? » fait Guillaume, un peu largué.

Triomphant, Doudou rapporte un ouvrage en clamant :

« Ça y est, j'ai trouvé !

— Chut, doucement ! recommande Guillaume. Attention au gardien ! »

Sans tenir compte de la remarque, le Black ouvre le livre.

« Venez », exhorte-t-il ses copains.

En rang d'oignons, ils pénètrent dans ce nouvel univers.

Un univers de rimes, de vers, d'alexandrins, de césures et d'hémistiches.

Un univers de poésie.

Celui d'Arthur Rimbaud.

L'univers préféré de Doudou, car la poésie, c'est du rythme.

Ils arrivent dans une vaste chambre.

Au fond de cette chambre, un lit. Dans ce lit, un enfant.

« On-s'planque-derrière-l'armoire,-les-mecs,-sans-se-faaaire-voir, souffle Doudou. Vaut-mieux-pas-se-montrer-ou-l'gosse-va-s'effraaayer ! »

Le gosse en question se gratte le cuir chevelu avec

frénésie. À force, il finit par irriter sa peau. Front, tempes, oreilles même, se colorent vivement.

« Lui aussi, il a des poux ! » chuchote Poil de Carotte avec satisfaction.

Partager une disgrâce est toujours un grand réconfort !

Très doucement, Doudou récite :

« Quand le front de l'enfant, plein de
                              rouges tourmentes,
Implore l'essaim blanc des rêves indistincts,
Il vient près de son lit deux grandes sœurs
                                    charmantes
Avec de frêles doigts aux ongles argentins. »

Au même instant, les deux grandes sœurs entrent dans la pièce et se penchent sur l'enfant.

« Qu'est-ce qui ne va pas, Arthur ? demande l'une d'elles, une longue jeune fille vêtue de blanc, la tête couronnée de nattes.

— J'ai attrapé des "habitants", gémit le gamin. Ils me chatouillent. »

Sa compagne sourit tendrement. Les boucles qui pendent sur ses épaules lui couvrent le dos d'un mantelet doré. Elle caresse le petit visage anxieux.

« Nous allons arranger cela, promet-elle.

— Qu'elles sont belles ! murmure Adi, émerveillée.

— La deuxième ressemble à MON Ida », assure Guillaume en extase.

Doudou poursuit, commentant avec les mots du poète ce qui se déroule sous leurs yeux :

« Elles assoient l'enfant devant une croisée
Grande ouverte où l'air bleu baigne
                              un fouillis de fleurs,
Et dans ses lourds cheveux où tombe la rosée
Promènent leurs doigts fins, terribles
                              et charmeurs. »

« Il en a de la chance, celui-là ! ronchonne Poil de Carotte. Moi aussi, ma sœur Ernestine me cherche parfois les poux. Mais elle est si brutale que le peigne m'écorche la tête. »

Arthur, pour sa part, ne semble pas souffrir beaucoup. C'est même tout le contraire. Il a fermé les yeux, et tandis que ses deux bienfaitrices s'affairent dans sa tignasse, une expression de bonheur le transfigure.

« Il écoute chanter leurs haleines craintives
Qui fleurent de longs miels végétaux et rosés,
Et qu'interrompt parfois un sifflement, salives
Reprises sur la lèvre ou désirs de baisers. »

Le pâle soleil du Nord entre par la fenêtre et

baigne le charmant tableau. Sous ses rayons, les ongles des « *chercheuses de poux* », efficaces petits outils, scintillent entre les mèches éparses de leur jeune frère. Si ce dernier était un chat, on l'entendrait sûrement ronronner.

> « *Voilà que monte en lui le vin de la Paresse*
> *Soupir d'harmonica qui pourrait délirer ;*
> *L'enfant se sent, selon la lenteur des caresses,*
> *Sourdre et mourir sans cesse un désir de pleurer.* »

La formalité se termine. Aussi discrètement qu'elles étaient entrées, les deux sœurs s'en vont.

Arthur savoure un instant son bien-être puis, se tournant vers l'armoire, il lance :

« Vous croyez que je ne vous ai pas vus ? »

Un peu penauds, Guillaume, Doudou, Adi et Poil de Carotte sortent de leur cachette.

« Qui êtes-vous ? demande Arthur. Des génies ? Des fantômes ? Des démons ?

— Rien de tout ça, mon pote ! On est des mecs comme toi !

— Des mecs et des nanas ! » précise Adi.

S'adressant au rouquin, qui lui semble plus « civilisé » que les trois autres, Arthur s'étonne :

« Qu'est-ce qu'ils racontent ? Je ne comprends pas leur langage.

— Moi non plus, et je ne sais même pas d'où ils viennent ! »

Il s'approche de l'enfant, s'assied sur le bord de son lit.

« Mais ils m'ont tiré d'un bien mauvais pas, ajoute-t-il.

— Lequel ?

— Moi aussi, j'ai des poux. Et si ma mère s'en aperçoit, gare à mes fesses ! »

Arthur esquisse un sourire complice.

« Elles sont toutes les mêmes, remarque-t-il.

— La mienne est pire ! s'écrie Poil de Carotte. Mme Lepic est la plus méchante femme de la terre.

— Non, c'est Mme Cuif ! Elle crie sans arrêt, bat, gronde, punit... et n'embrasse jamais.

— Est-ce qu'elle te dit que tu es laid, sot et mal-propre ?

— Non, mais elle me traite de rebelle et de vicieux ! »

Ils se regardent, se comprennent, malgré tout ce qui les sépare : l'époque, le lieu, la classe sociale. Étrange solidarité des enfants mal aimés : leur commune rancœur a fait d'eux des copains !

« Oui, mais toi, tu as tes sœurs, reprend Poil de Carotte. Elles sont gentilles. Pas comme Félix et Ernestine, qui me maltraitent autant que maman !

— C'est vrai qu'elles sont gentilles, admet

Arthur. Tu veux que je leur demande de te retirer tes poux ? »

L'autre fait « oui » de la tête, avec des yeux qui brillent.

« Vidalie ! Isabelle ! » appelle aussitôt le gamin.

« Mission-accomplie,-on-peut-s'en-aaaller, dit Doudou, ravi. Sans-nous,-ces-deux-là-vont-très-bien-s'débrooouil-ler !

— Ce gosse, chuchote Guillaume, tu crois que c'est Arthur Rimbaud lui-même ?

— Évidemment ! »

L'adolescent se rue sur l'enfant.

« Sais-tu où se trouve le grimoire ?

— Un grimoire, un grimoire..., dit le petit Arthur d'un air préoccupé... Non, vraiment, je ne vois pas...

— Tant pis, soupire Guillaume, désappointé.

— On s'en va ? trépigne Adi.

— Tu sais comment rentrer chez toi, Poil de Carotte ? » s'assure Doudou.

Le rouquin fait « oui » de la tête. Il a bien observé le chemin pour venir.

Comme les trois ados tournent les talons, Arthur est pris d'une subite inspiration :

« Jetez quand même un coup d'œil sur le "E", leur lance-t-il au moment où ils disparaissent.

— Le "E" ?

— Oui, la voyelle.

— T'as compris ce qu'il a voulu dire ? demande Guillaume, de retour dans la bibliothèque.

— Peut-être », répond Doudou d'un air mystérieux.

14

« Nous n'avons pas une minute à perdre ! déclare
Adi, en secouant sa petite tête noire avec tant d'énergie qu'elle en perd sa casquette. Idda doit être folle
d'inquiétude ! »

Elle part en courant en direction du rayon « C »,
suivie de ses deux compagnons.

« Aïe ! » crie tout à coup Guillaume, en glissant
sur quelque chose de gluant.

Pour ne pas se casser la figure, il se raccroche,
d'un geste instinctif, à l'étagère qui se trouve à côté
de lui. Déséquilibrée, celle-ci vacille dangereuse-
ment.

« Attention ! » hurle Doudou.

PATATRAS !

Dans un boucan épouvantable, un, puis deux, puis dix rayonnages s'effondrent.

« Ça va ? s'inquiète Adi. Personne n'est écrasé ? »

Guillaume s'extirpe du fatras de bouquins avec juste une bosse sur le front. On dirait le rescapé d'un tremblement de terre émergeant des décombres. Quant à Doudou, il s'en est fallu d'un cheveu que les vingt tomes de l'*Encyclopedia Universalis* ne l'assomment, mais il en est quitte pour la peur.

« Sur quoi est-ce que j'ai mis le pied ? grogne Guillaume, cherchant la coupable substance des yeux.

— Une épluchure de melon, mon pote ! »

Doudou la lui tend du bout des doigts, en fronçant un nez dégoûté.

« D'où sort cette cochonnerie ?

— De la poche de Poil de Carotte, je suppose. Je ne connais que lui qui garde ce genre de truc ! Il a dû la perdre tout à l'heure, en allant chez Rimbaud. »

Rassurée sur le sort de ses camarades, Adi repart. Un instant après, une exclamation consternée lui échappe :

« Où sont passés les "C" ? »

Tous les « C », les « D », les « E » et les « F » gisent en tas par terre, dans les débris de l'étagère. Il y a au moins deux cents ouvrages.

« Oh zut ! *Alice* est quelque part là-dessous. Va falloir faire des fouilles archéologiques ! »

Au même instant :

« Qu'est-ce que c'est que ce ramdam ? » tonne une grosse voix.

Le gardien !

En trois bonds, Adi rejoint les autres.

« Planquez-vous !

— Où ? Où ? s'affolent les garçons.

— Peu importe, dans le premier bouquin venu ! »

Alerté par leurs chuchotis, le gardien qui, bras ballants, atterré, contemplait le désastre sans en comprendre la cause, dresse soudain l'oreille.

« Je sais que vous êtes là, vandales ! s'écrie-t-il en direction du bruit. Vous ne perdez rien pour attendre : je vais avertir la police ! »

Plus vive que l'éclair, Adi ouvre le premier livre qui lui tombe sous la main.

« Rentrez là-dedans », ordonne-t-elle.

Elle pousse les garçons à l'intérieur.

« Et toi ? a le temps de crier Guillaume avant de la perdre de vue.

— Moi, je suis invisible, je ne risque rien.

— Et Idda ?

— Je m'en occupe, le temps de retrouver *Alice* dans la pagaille. Rendez-vous au premier paragraphe ! »

Les autres ne l'entendent plus, ils ont disparu.

Du livre monte un bruit de mitraille.

Adi referme la couverture. Il était temps !

« Je vous tiens, chenapans ! » fulmine le gardien, surgissant dans la rangée des « H ».

Mais la rangée est vide.

Seule trace des fuyards : *Les Misérables,* de Victor Hugo, traîne par terre. Le gardien le ramasse en grommelant et le range dans le rayon.

15

Le bruit est réellement assourdissant. Dans l'air, chauffé à blanc par un soleil de plomb, résonne le grondement sinistre du tocsin. Des rues avoisinantes monte un tragique brouhaha, mélange de déflagrations, de clameurs confuses, de roulements de tambour et de coups de canon.

« Qu'est-ce qui se passe, ici ? C'est la guerre ? » s'effarc Guillaume en se bouchant les oreilles.

Une quinte de toux le saisit : l'âcre odeur de la poudre sature l'atmosphère.

« J'ai les yeux qui piquent », dit Doudou qui, du coup, n'a plus du tout envie de rapper.

Il renifle, se frotte les paupières, met sa main en visière pour se protéger de la réverbération.

« Et il fait chaud, en plus », ajoute-t-il en s'épongeant le front.

La venelle où les a déposés le hasard est étroite et vétuste : façades misérables aux volets hermétiquement clos, gros pavés inégaux souillés de crottin de cheval, caniveaux charriant une eau croupie où flottent de malodorants détritus.

« On est à quelle époque, d'après toi ? » demande Guillaume qui n'a pas eu le temps de lire le titre du livre, avant d'y plonger.

Doudou l'ignore, de même qu'il ignore le lieu où ils se trouvent.

Un homme passe en courant, les bouscule. Il porte un chapeau haut de forme, des guêtres, une redingote. Sa manche s'étoile d'une tache de sang.

« Garez-vous, les enfants, les anarchistes arrivent ! » lance-t-il aux deux garçons, avant de s'engouffrer sous un porche.

Des pas précipités lui succèdent. Ceux de deux individus en guenilles, armés de fusils.

« Vous n'avez pas vu passer un bourgeois ? interroge le premier d'entre eux, grand jeune homme au regard sombre, mal rasé et portant casquette.

— Heu... non, non..., fait Guillaume, pris de court.

— Vous feriez mieux de rentrer chez vous, dit l'autre, qu'une balafre toute fraîche, entaillant la joue gauche de la tempe au menton, défigure.

— Qu'est-ce qui se passe ? » se renseigne Doudou.

Les hommes le détaillent avec curiosité : sa question, son apparence, sa tenue les surprennent. Assurément, ces p'tits gars-là ne sont pas d'ici !

« Vous êtes étrangers ?

— Oui, fait Guillaume, à tout hasard.

— Alors, suivez-nous : vous vous abriterez derrière la barricade. »

Ils repartent en courant, suivis par les ados.

« Paris est en colère ! Paris a faim ! C'est la révolution ! » explique le balafré en chemin.

La venelle débouche sur un carrefour. Machinalement, Doudou lève la tête vers le haut du mur d'angle.

« Rue de la Chanvrerie », lit-il.

C'est alors qu'ils aperçoivent la barricade. Ils restent médusés.

La « construction » – si l'on ose nommer ainsi l'amalgame terrifiant qui se dresse devant eux – est formée des gravats de trois maisons voisines, détruites pour la circonstance. Parmi les pavés, les moellons, les poutres qui la composent, s'entassent mille objets familiers, allant de la charrette renversée aux meubles éventrés et aux vêtements en loques, des débris de faïence aux ustensiles de cuisine et aux trognons de choux. Même les jouets ont trouvé place au cœur du rempart : ils colmatent les brèches. Là, ce cheval de bois, là, ce tambour crevé, et là, cette poupée, dressée comme une proue à l'avant d'un navire, attestent que l'émeute est l'affaire de tous, petits et grands.

Les misérables biens du peuple sont rassemblés ici, dans cette architecture d'indigence et de révolte, que tente en vain de détruire l'assaillant et sur laquelle flotte fièrement un drapeau rouge en lambeaux.

Venant d'une rue adjacente, qui sert de repaire aux soldats, un boulet s'abat sur la barricade avec un bruit de tonnerre. Une salve de mitraille emplit l'air de sifflements.

Sous le feu nourri, les deux hommes se baissent et continuent leur course en faisant le gros dos. Guillaume et Doudou les imitent.

Le sol est jonché de cadavres civils et militaires, indistinctement mélangés parmi les flaques de sang. De grosses mouches bleues bourdonnent autour, posées en grappes mouvantes sur tel visage aux prunelles révulsées, telle poitrine déchiquetée, tel ventre ouvert, criblé de chevrotine.

« Tir sur les artilleurs ! » crie une voix, venant de la redoute[1].

Mille déflagrations répondent à cet ordre, aussitôt suivies d'une riposte. Un feu nourri de projectiles sillonne l'espace.

Tandis que le combat fait rage, Guillaume et Doudou, à la suite de leurs guides, parviennent au refuge. L'intérieur de la barricade – dont le fronton fait quinze mètres de haut – est accessible par le côté, mais ce passage est gardé.

« Qui va là ?

— Moi, Marius », répond le jeune homme au regard sombre.

Les quatre rescapés se glissent à l'intérieur.

Au même instant, un second boulet emporte un pan de mur.

Les rebelles qui occupent le lieu – une bonne vingtaine en tout – s'affairent aussitôt à reboucher la faille. Mais le temps et les matériaux manquent. Ceux d'en face mitraillent maintenant le point faible à coups redoublés. Comme l'eau pénétrant la coque d'un bateau, la mort s'engouffre dans la fente. Un combattant s'abat, frappé au flanc. La cuisse d'un autre s'ensanglante.

« Il faudrait un matelas pour obstruer cette fente ! dit quelqu'un.

---

1. La barricade.

— Les blessés sont dessus. Impossible de s'en servir. »

Un peu en retrait, un vieillard est assis sur une borne. Il ne prend pas part à l'agitation ambiante. Des favoris grisonnants encadrent sa figure douce et grave, aux yeux cerclés de rides. À l'inverse de ses compagnons, il est vêtu, non de défroques d'ouvrier, mais d'un habit de bonne coupe.

Très attentivement, il observe les appartements des immeubles voisins.

À la fenêtre de l'un d'eux, on a suspendu un matelas pour protéger la vitre d'un bris éventuel. Des cordes attachent ses coins supérieurs au sommet du châssis.

« Qui peut me prêter une carabine à deux coups ? » demande le vieillard.

Un ricanement lui répond :

« Vous entendez, les gars ? Jean Valjean réclame un fusil !

— Je croyais qu'il refusait de s'en servir contre quiconque ! »

L'un de ses compagnons accède, néanmoins, à sa requête.

Jean Valjean met le matelas en joue. Deux détonations éclatent. Coupées net, les cordes cèdent. Le matelas bascule et s'effondre dans la rue.

Des applaudissements saluent l'exploit.

« Bien joué !

— Mais qui va aller le chercher ? »

Le matelas, en effet, est tombé à mi-chemin entre les assiégeants et les assiégés. Là où, meurtrière et terrible, la fusillade se poursuit.

Sans un mot, Jean Valjean sort de la redoute et, sous un orage de balles, s'aventure dans la zone dangereuse.

Les insurgés n'ont d'yeux que pour sa haute silhouette qui défie la mitraille.

Il ramasse son trophée, le charge tranquillement sur son dos, le ramène et le fixe à l'emplacement prévu. Cela n'a pas pris plus de cinq minutes, mais durant ces cinq minutes, il a cent fois risqué sa vie.

Le canon, à nouveau, vomit sa charge de chevrotines. Mais cette fois, les dards meurtriers sont arrêtés par l'obstacle. Ils s'enfoncent dans la bourre avec un bruit mou, et ne la traversent pas.

Jean Valjean rend alors le fusil à son propriétaire, et retourne s'asseoir comme si de rien n'était.

Guillaume et Doudou ont assisté, muets, à l'acte de bravoure. Si le nom du héros leur est familier, le morceau d'histoire dont ils sont témoins, leur échappe encore.

« Qu'est-ce qu'il y a eu, comme révolution, au XIXe siècle ? s'enquiert Guillaume, un peu honteux de son ignorance.

— Heu... La Commune..., suggère Doudou.

— Tu crois que c'est ça ? On va tous se faire massacrer, alors ? »

Au même moment, un chant semble jaillir du ciel :

« On est laid à Nanterre
C'est la faute à Voltaire,
Et bête à Palaiseau,
C'est la faute à Rousseau ! »

Le ton est jeune, impertinent, hâbleur. Celui qui le profère n'a pas encore mué.

Les deux adolescents lèvent la tête et aperçoivent, au faîte de l'édifice, sous le drapeau déchiré qui nargue les assaillants, un gamin de leur âge dressé face à l'ennemi.

Autour d'eux, les adultes réagissent.

« Ce sacré chenapan va se faire tuer !

— C'est une cible de choix pour "la brute"[1] !

— Gavroche, descends immédiatement ! » crie Marius.

À contrecœur, mais avec un rire de défi, Gavroche dégringole de son perchoir.

Nu-pieds, la casquette de travers, une culotte rapiécée tenue par des bretelles lui pendouillant

---

1. L'armée.

dans les jarrets, il atterrit, d'un bond, près de Guillaume.

« Salut, citoyen ! » l'apostrophe-t-il.

Puis il l'inspecte des pieds à la tête, et fronce le nez.

« Tu serais pas un fils de bourgeois, toi, par hasard ? »

Estomaqué, Guillaume ne sait que répondre. Poursuivant son examen, Gavroche tourne autour de lui, le flaire, puis s'esclaffe :

« Non, t'es trop maigre ! Les bourgeois, c'est gras ! Ça se gave ! Ça patauge dans les bons dîners ! Demandez-leur ce qu'ils font de leur argent, ils n'en savent rien. Ils le mangent, quoi ! »

Il frotte son estomac d'une main désolée.

« Ils ont de la chance, nous on n'a plus rien à grailler. Va falloir mourir le ventre vide !

— Tu veux un chewing-gum ? intervient Doudou, c'est tout ce que j'ai à t'offrir. »

Gavroche ne sait pas ce que c'est, mais ne demande qu'à apprendre. Surtout si c'est sucré.

Cinq minutes plus tard, assis en tailleur dans l'ombre des murs, ils mâchent tous trois en chœur comme de vieilles connaissances.

« Quel jour on est ? demande Doudou, tendant la gomme sur sa langue pour en faire un ballon.

— Le 6 juin.

— Oui, mais... de quelle année ? »

Gavroche fronce les sourcils : se moque-t-on de lui ?

« 1832, évidemment ! Y a pas de calendriers, dans ton pays ? »

Doudou a un geste évasif. Il souffle. La gomme gonfle, gonfle, devient énorme. Puis ses yeux rencontrent ceux de Guillaume.

« Ce n'est pas la Commune, murmure-t-il en faisant claquer son ballon. On a trente-neuf ans d'avance ! »

Les tirs ont repris de plus belle. Espérant donner l'assaut avant le soir, les soldats se sont acharnés sur tout ce qui bougeait, forçant les révoltés à s'abriter. Les quelques audacieux qui prétendaient rester à découvert sont tombés des remparts, mortellement atteints. Des corps d'ouvriers, d'artisans, de commerçants jonchent la rue de la Chanvrerie.

Les corps du peuple de Paris...

Leurs camarades ripostent avec une violence accrue. Sept ou huit décharges se succèdent rageusement. La rue s'emplit d'une fumée aveuglante, et à travers cette brume rayée de flammes, on distingue confusément bon nombre d'artilleurs couchés sous les roues des canons.

Puis le feu ralentit à nouveau.

« Tu n'aurais pas entendu parler d'un grimoire ? » demande Guillaume, sans grand espoir.

Gavroche ne répond pas. Depuis quelques instants, il a la tête ailleurs. Il écoute, non loin, une conversation entre Enjolras, le chef de barricade, et Bossuet, son bras droit.

« Les pertes sont sévères, en face, dit Bossuet. Nos dernières salves ont été décisives. »

La réponse d'Enjolras est empreinte d'inquiétude :

« Encore un quart d'heure de ce succès, et nous n'aurons plus de cartouches, soupire-t-il.

— Attendez-moi, dit Gavroche, j'ai quelques commissions à faire. »

Dans le tas d'ordures traîne un panier d'osier. Le garçon s'en empare et, sans autre explication, se glisse dehors.

« Mais... C'est dangereux ! lui crie Guillaume.

— Il a vraiment trop faim, se désole Doudou. Pourvu qu'il ne lui arrive rien ! »

Ils grimpent sur les remparts pour l'observer, le cœur chaviré.

Mais Gavroche ne se dirige pas, comme ils le supposaient, vers les maisons voisines pour y mendier quelque aliment. Il ne longe pas les murs, dans l'ombre, en évitant de se faire repérer. Au contraire : il marche en plein soleil, à découvert, au beau milieu du champ de bataille, au nez et à la barbe des soldats.

« Mais... il est fou ! » s'exclame Guillaume, horrifié.

Les traits déformés par l'angoisse, Doudou ne lâche pas la frêle silhouette des yeux.

À côté des dépouilles ennemies, Gavroche s'accroupit. Il fouille les gibernes éparses sur le sol, les poches des cadavres, et en sort des pleines poignées de cartouches.

Son manège n'est pas passé inaperçu, dans la redoute. Courfeyrac, l'un de ses compagnons de lutte, l'interpelle d'en haut :

« Que fais-tu là, ventrebleu ! »

Gavroche lève un nez insolent.

« Citoyen, je remplis mon panier.

— Tu ne vois donc pas la mitraille ?

— Eh bien ? Il pleut, et après ?

— Rentre ! ordonne Coufeyrac.

— Tout à l'heure !

— Ils auront ta peau !

— La rue est ma mère, elle me protégera ! »

Bientôt, comme il s'éloigne, les nappes de fumée qui stagnent encore çà et là le dissimulent aux yeux de tous.

C'est un vrai farfadet, maintenant, qu'observent avec effroi Guillaume et Doudou. Enivré par le succès de sa sinistre moisson, le gamin perd toute prudence. Il jaillit du brouillard, y retourne, court, rampe, ondule, serpente d'un mort à l'autre, en veut toujours plus. Son panier se remplit à vue d'œil.

La fumée, peu à peu, se dissipe.

L'enfant devient bientôt une proie facile pour les tirailleurs de la ligne adverse, à l'affût derrière leur levée de pavés ou massés dans les ruelles proches.

Comme Gavroche s'occupe d'un sergent éventré, une balle frappe le cadavre.

« Fichtre ! s'écrie l'enfant. Voilà qu'on me tue mes morts ! »

Une deuxième balle fait étinceler le pavé à côté de lui. Une troisième renverse son panier.

« Attention ! » hurle Guillaume du haut de la barricade.

Doudou essaie de crier également. Mais il n'arrive à produire aucun son : sa gorge est trop serrée. Alors il fait de grands gestes, dans l'espoir d'inciter l'enfant à la prudence.

Gavroche regarde ses copains, leur fait un signe de connivence. Puis il se dresse tout droit, debout, cheveux au vent, mains aux hanches, et toisant fièrement les gardes nationaux qui le mettent en joue, il chante :

« Je ne suis pas notaire
C'est la faute à Voltaire,
Je suis petit oiseau,
C'est la faute à Rousseau. »

Il ramasse son panier, y replace, sans en laisser perdre une seule, les cartouches éparpillées et, avançant vers la fusillade, poursuit imperturbablement sa récolte.

Une quatrième balle le manque de peu.

Guillaume et Doudou, cramponnés l'un à l'autre, voient s'accomplir l'inéluctable. On ne change pas l'histoire, même si elle est horrible. L'enfant n'en réchappera pas.

« Joie est mon caractère,
C'est la faute à Voltaire,
Misère est mon trousseau,
C'est la faute à Rousseau. »

Le spectacle est hallucinant. Gavroche provoque l'ennemi, le nargue, lui fait des pieds de nez. Ce petit jeu morbide, cette partie de cache-cache avec la mort, semble l'amuser beaucoup. Tel un moineau se moquant du chasseur, il répond à chaque décharge par un couplet.

Les soldats rient en l'ajustant, comme rit le chasseur devant les prouesses d'une proie turbulente, sachant que celle-ci, toute futée qu'elle soit, ne peut lui échapper. Ils tirent, le ratent, se divertissent de leur propre maladresse. Font entre eux des paris à qui l'abattra. Il est si remuant, si preste ! Il se couche, se redresse, s'efface dans un coin de porte, puis bondit à nouveau, reparaît, se sauve, revient. On le croit à droite, il est à gauche. On le cherche devant, il surgit derrière. Vraiment, cet enfant-là, c'est un gibier de choix !

La barricade entière le suit des yeux, et tremble.

« Ils vont l'avoir ! Ils vont l'avoir ! » gémit Guillaume en se tordant les mains.

Ils l'ont, en effet.

Une balle finit par l'atteindre.

Gavroche chancelle, puis s'affaisse lentement. Toute la barricade pousse un cri.

« Non ! » hurle Doudou, saisi d'horreur.

Il éclate en sanglots.

Mais Gavroche n'est tombé que pour se redresser. Un long filet de sang barre son visage : c'est au front qu'il a été touché.

Il lève les deux bras, regarde du côté où est venu le coup, et, rassemblant ses dernières forces, braille :

« Je suis tombé par terre,
C'est la faute à Voltaire,
Le nez dans le ruisseau,
C'est la faute à... »

Une déflagration lui coupe la parole.

Il s'abat, la face contre le pavé. Sous lui, une flaque pourpre s'étale doucement.

Les larmes étouffent Guillaume. Prostré, Doudou laisse couler les siennes sans un mot. Toute la barricade se tait. Ces hommes si durs, si aguerris, ayant depuis longtemps renoncé à la vie et accepté l'ultime sacrifice, ont les yeux rouges.

En face, le tir s'est arrêté aussi. Un monstrueux silence succède à l'exécution. Et dans ce silence pire encore que les rumeurs de la bataille, pire que les cris des blessés et le fracas du canon, la voix de Marius s'élève :

« Une petite grande âme vient de s'envoler. »

16

« C'est affreux, affreux ! » sanglote Guillaume.

Son émotion est telle qu'il oublie où il est, ne sait plus où il va. Abandonnant Doudou, le voilà qui galope à son tour dans la rue.

Près de Gavroche immobile, sous le soleil qui décline peu à peu, il tombe à genoux.

Aucun livre, jamais, ne lui a fait tant de peine.

Aucun.

Enfin, si.

Un seul. Il s'en souvient maintenant.

Il ferme les yeux. Sa main erre sur le drap pois-

seux du vêtement, à travers lequel un reste de chaleur rayonne encore. Pour si peu de temps, hélas !
...

Un seul livre, c'est vrai. Un des rares qu'il ait ter-
minés (c'était un tout petit volume !).

Comme il avait pleuré en lisant ce passage !

« *Il n'y eut rien qu'un éclair jaune près de sa
cheville. Il demeura un instant immobile. Il ne
cria pas. Il tomba doucement comme tombe un
arbre. Ça ne fit même pas de bruit, à cause du
sable.* »

Guillaume pleure, pleure, anéanti par une
détresse immense. Ida, Gavroche... Tous les êtres
qu'il aime disparaissent, les uns après les autres.

En dehors du chagrin qui vient de lui briser le
cœur, il n'a plus conscience de rien. Ni du
combat qui a repris après quelques minutes de
trêve, ni de Doudou, ni de Paris à feu et à sang,
ni du haillon de drapeau qui flotte là-haut, sym-
bolisant l'espoir d'un peuple. Tout ce qui est
autour de lui s'efface, comme emporté par une
tornade. Les gens sont balayés, le décor bascule.

Seul avec sa souffrance, il se retrouve dans le
désert.

C'est si mystérieux, le pays des larmes.

« Bonjour, dit une drôle de voix à côté de lui, de quelle planète es-tu ? »

Guillaume sursaute, lève la tête vers celui qui vient de parler. Et reste abasourdi.

C'est un petit bonhomme tout blond, avec un costume vert et une grande écharpe, qui le considère gravement et répète (car il ne renonce jamais à une question, une fois qu'il l'a posée) :

« De quelle planète es-tu ? »

Guillaume se dresse d'un bond.

« Mais... Où suis-je ?

— À mille milles de toute région habitée. »

À perte de vue, en effet, du sable, rien que du sable. Une gigantesque étendue dorée ondoie jusqu'à l'horizon, et même plus loin encore, hors de portée des yeux. Sur la ligne courbe qui sépare ciel et terre, luit un astre rouge, tout rond ; une bulle incandescente.

« J'aime les couchers de soleil », dit le petit bonhomme, avec un sourire d'extase.

Durant quelques instants, il contemple l'immensité embrasée, puis se tournant à nouveau vers Guillaume :

« Tu n'es pas d'ici ? De quelle planète es-tu ? » demande-t-il pour la troisième fois.

À vrai dire, Guillaume n'en sait trop rien. Il est un peu perturbé par tout ce qui vient de se passer, et a du mal à reprendre ses esprits.

« Je me demande si je ne suis pas en train de rêver... », murmure-t-il, comme pour lui-même.

L'enfant lui lance un regard curieux.

« Il n'y a pas de traces de pas, près de toi. Tu n'es donc pas arrivé à pied.

— Non, fait Guillaume.

— Alors, tu es tombé du ciel, toi aussi... Est-ce que tu viens d'une étoile ou d'un avion ?

— Ni l'un ni l'autre, je viens d'un livre.

— D'un livre ? »

Guillaume a encore la gorge pleine de sanglots.

« Oui, d'un livre où j'ai vu mourir quelqu'un. »

Il soupire, puis se ressaisit.

« Tu es le Petit Prince, n'est-ce pas ? »

L'enfant se met à rire.

« Tu me connais ?

— Je te croyais mort, toi aussi... »

Le rire du Petit Prince se fane comme une fleur.

« Tu es arrivé trop tôt : c'est bien l'endroit, mais ce n'est pas le jour. L'anniversaire de mon arrivée sur la terre, c'est demain.

— Je suis bien content, dit Guillaume.

— Pourquoi es-tu content ?

— Je suis content que tu sois encore vivant. Je ne veux plus voir mourir personne. Gavroche était mon ami, il chantait, il mangeait du chewing-gum, et maintenant il est couché par terre, au milieu du carnage, et il baigne dans son sang. Je déteste les livres où les gens meurent.

— C'est parce que tu ne les ouvres pas à la bonne page, dit le Petit Prince.

— Comment ça ?

— Ce qu'il y a de bien dans les histoires, c'est qu'on peut toujours revenir en arrière.

— Que veux-tu dire ?

— C'est l'avantage qu'ont les livres sur la vie réelle. Dans la vie réelle, quand un drame arrive, on se dit : "Comme j'aimerais retourner dans le passé, profiter du bonheur d'avant !" La lecture nous donne cette possibilité : il suffit de reprendre les chapitres précédents, et on revit les moments que l'on aime chaque fois qu'on le désire. »

Guillaume n'avait jamais envisagé les choses sous cet angle.

« Gavroche est toujours vivant, dans *Les Misérables,* réalise-t-il. Je pourrai l'y retrouver chaque fois que je le désirerai. »

Et il se sent le cœur léger, tout à coup.

« Si tu ne veux plus jamais qu'il meure, tu n'as qu'à ne pas relire le mauvais passage », dit doctement le Petit Prince.

Il réfléchit un instant, puis reprend :

« J'ai connu quelqu'un qui faisait mieux encore : il récrivait la fin des livres qui se terminent mal, pour que ce soit toujours des "happy end". Comme ça, il n'avait jamais l'impression de perdre ses amis. »

Guillaume est de plus en plus intéressé.

« C'est une bonne idée, dit-il. J'y ai déjà pensé... »

Puis il se souvient d'Ida et Idda, et sa joie s'envole.

Le soleil s'est couché tout à fait. Il ne reste, sur la ligne d'horizon, qu'un vague halo pourpre qui peu à peu s'éteint. L'ombre envahit le ciel, préparant avec soin la calme nuit du désert.

« As-tu entendu parler d'un grimoire ? demande Guillaume.

— Non, répond le Petit Prince. Au cours de mon voyage, j'ai rencontré des géographies et des livres de comptes, mais pas de grimoire.

— Et ton ami l'aviateur ? »

Le Petit Prince agite négativement la tête.

« Celui-là, il n'a qu'un carnet de bord où il dessine des moutons.

— Dommage..., soupire Guillaume.

— Ne sois pas triste, dit le Petit Prince. Je connais un renard, il sait beaucoup de choses. Il pourra peut-être t'aider...

— Peut-être, fait Guillaume dont l'espoir renaît.

— Allons le voir, il n'habite pas très loin d'ici. »

Et tandis que la lune apparaît au fond du firmament avec son cortège d'étoiles (dont celle du Petit Prince, juste au-dessus), ils se mettent en route.

« Il y avait une jeune fille aux longs cheveux, dit Guillaume lentement, je l'aimais.

— Moi, c'était une rose que j'aimais. Elle avait quatre épines de rien du tout pour se défendre contre les tigres, et elle était très coquette.

— La mienne aussi était très coquette : elle a échangé *Alice au Pays des Merveilles* contre un jupon. »

Ils se taisent tout deux, hantés par leurs souvenirs. Et en marchant ainsi en silence, ils arrivent près du terrier du renard.

« Hou hou ! crie le Petit Prince, je t'ai amené un ami. »

Une voix endormie leur parvient des profondeurs de la terre :

« Il fait nuit, les animaux sauvages ne sortent jamais la nuit. C'est la loi de la nature.

— Même les renards apprivoisés ?

— Même les renards apprivoisés. Que veut ton ami ?

— Il cherche un grimoire. »

Des profondeurs de la terre, on entend bâiller le renard.

« L'essentiel est invisible pour les yeux, marmonne-t-il.

— Je le sais, tu me l'as déjà dit.

— La vérité est dans le puits, ajoute le renard.

— Qu'est-ce que ça signifie ? »

Mais le renard ne répond pas : il s'est rendormi.

« Nous n'en tirerons rien de plus », se désole le Petit Prince.

Guillaume hausse les épaules.

« Tant pis...

— Je me demande ce qu'il a voulu dire, avec ses histoires de vérité et de puits...

— Je n'en sais rien... Peut-être qu'il rêvait tout haut.

— Je connais un puits, veux-tu que je t'y emmène ? On ne sait jamais.

— On ne sait jamais », dit Guillaume.

Et ils repartent par où ils sont venus.

Au petit jour, ils atteignent le puits.

Chose curieuse, il ne ressemble pas aux puits sahariens, qui sont de simples trous creusés dans le sable. C'est un puits de village, avec une margelle en grosses pierres, équipé d'une poulie, d'une corde et d'un seau.

Le Petit Prince rit, touche la corde, fait jouer la poulie. Celle-ci gémit comme une vieille girouette quand le vent a trop longtemps dormi.

« Tu entends ? dit le Petit Prince, nous réveillons ce puits et il chante. »

Puis il redevient sérieux :

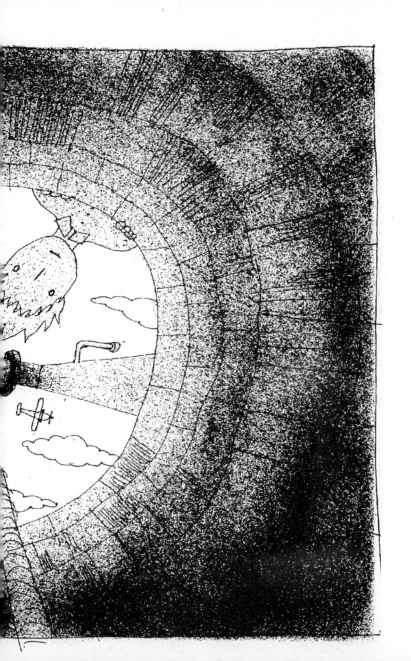

« Je voudrais que tu retrouves la jeune fille aux longs cheveux, et ton ami Gavroche.

— Je le voudrais aussi, dit Guillaume.

— Moi, je vais revoir ma fleur. Demain, je retourne sur ma planète.

— Bonne chance, dit Guillaume.

— Toi et moi, nous serons très loin l'un de l'autre.

— Pas si loin que ça : il me suffira d'ouvrir le livre à la bonne page, et je te retrouverai chaque fois que j'en aurai envie. »

Ils se sourient, merveilleusement complices, puis Guillaume se penche sur le puits.

« Tu crois que la vérité est vraiment là-dedans ? » demande-t-il.

Tout au fond, très loin, l'eau brille. La lune s'y reflète. Mais... Mais non, ce n'est pas la face camuse de la lune qui tremble dans les vaguelettes. C'est le doux visage d'Ida.

Et Ida appelle Guillaume. Du bout du tunnel, elle lui fait signe de la rejoindre.

« Adieu », dit Guillaume au Petit Prince.

Mais le Petit Prince ne l'entend pas. Il parle avec quelqu'un, caché dans les replis du sable. Un serpent jaune, mince comme un doigt.

Alors Guillaume saute dans le puits.

17

La chute est longue, longue… Guillaume n'en finit pas de tomber. Ida, maintenant, a disparu. L'eau également. Sous lui, c'est le noir absolu. Mais, chose étrange, il a l'impression que sa chute est très lente, ce qui lui donne tout loisir de regarder autour de lui.

Les parois du puits sont recouvertes d'étagères et garnies, de place en place, par des cartes géographiques. « C'est curieux, se dit Guillaume, je reconnais cet endroit. Il me semble être déjà venu ici, il n'y a pas très longtemps… »

Au passage, il saisit un pot sur l'une des étagères. « Marmelade d'oranges » est-il inscrit dessus. Mais à son grand désappointement, un plus gourmand que lui l'a devancé, et le bocal est vide. Il n'ose le lâcher de peur qu'il ne tombe sur quelqu'un, et le repose soigneusement.

Où vais-je aboutir ? se demande-t-il avec un peu d'inquiétude. Peut-être de l'autre côté de la terre ? Ce serait drôle de se retrouver chez des gens qui marchent la tête en bas !

Quelle idée stupide ! Comme si les habitants d'Australie étaient différents de nous. Et l'attraction terrestre, alors, c'est pour les chiens ?

Longtemps, longtemps il continue à discuter tout seul, pour meubler le temps de sa chute. Et enfin, au moment où il s'y attend le moins, il finit par atterrir.

Il s'affale sur un tas de branchages et de feuilles mortes, sans se faire le moindre mal.

Ouf !

Il se redresse, s'ébroue.

« Tiens ? Qui voilà ! » dit quelqu'un près de lui.

Guillaume fait un bond de joie.

« Alice ! Comme je suis content de te retrouver ! Où sont les autres ?

— Ils t'attendent en haut. Ils ont organisé un pique-nique pour passer le temps, et sont très impatients d'avoir de tes nouvelles. »

Guillaume scrute avec fièvre les alentours.

« Comment sort-on d'ici ?

— Il suffit de suivre le lapin blanc. Il ne devrait pas tarder. »

Un pas précipité se fait entendre, non loin.

« Tiens, justement, le voilà.

— Par mes oreilles et mes moustaches, je suis en retard ! » dit une voix angoissée qui se rapproche à toute vitesse.

Le propriétaire de la voix passe devant eux sans les voir. Il a l'œil fixé sur sa montre et semble très inquiet. Guillaume lui emboîte aussitôt le pas.

« Tu viens ? demande-t-il à Alice.

— J'ai deux mots à dire à la Reine de Cœur. Vas-y déjà, je vous rejoindrai plus tard. »

Le labyrinthe souterrain débouche dans une prairie. Après quelques minutes – ou quelques heures, le temps ne compte pas, dans les livres ! – de course éperdue, Guillaume surgit en pleine lumière.

Des « hourra ! » enthousiastes l'accueillent.

Idda, Adi et Doudou, installés dans l'herbe parmi les pâquerettes, se goinfrent de tartes à la rhubarbe.

« Te voilà enfin ! s'écrie Doudou la bouche pleine. Je me demandais où t'étais passé.

— On se tracassait pour toi, ajoute Adi, avec un petit air de reproche.

— J'en avais *bluic* marre de poireauter toute *cric crac* seule ! »

Doudou a retrouvé ses rythmes familiers :

« Raconte-nous-un-peu-ce-qui-t'est-arriiivé.-
D'un-coup-tu-t'es-é-vapooo-ré.-Et-tout-le-monde-
s'est-demandé-comment,-mon pote,-tu avaaais-
fait !

— Je n'en sais rien moi-même. J'ai l'impression...
que les livres ont des passages secrets qui les relient
les uns aux autres...

— Qu'entends-tu par "passages secrets" ?
demande Adi.

— Des sortes... d'associations d'idées...

— Explique-toi-mon-gars,-nous-on-est-dans-
leee-noir !- On-comprend-rien-à-toute-cette-hiiis-
toire !

— J'ai été projeté de la rue de la Chanvrerie au
désert du Sahara au moment où... (il se concentre
fortement)... la mort de Gavroche me faisait penser
à celle du Petit Prince. »

Dans Idda, la bibliothécaire qu'elle a été se
réveille : elle connaît très bien ce phénomène !

« Les grands thèmes de la littérature, comme la
mort justement, *bouic ploum ploum,* sont communs
à beaucoup d'auteurs, mais chacun les aborde sous
un angle différent. *Crac boum.* Cela donne au lecteur l'envie de passer de livre en livre, quand le
sujet l'intéresse. *Plouic.* C'est à ça que servent les
bibliographies qui se trouvent souvent à la fin des
ouvrages : l'écrivain y cite ses sources, ses

influences, *agaga cric,* pour que tout le monde en profite.

— Bizarre, non ? » conclut Guillaume qui n'a pas très bien suivi le raisonnement.

Bizarre, en effet... Mais pour l'instant, les adolescents ont d'autres chats à fouetter.

« Tu veux du clafoutis aux pommes ? propose Adi. C'est tout ce qui reste. »

Ce n'est pas de refus : Guillaume n'a rien mangé depuis au moins... cinq livres !

Il se jette sur la pâtisserie et s'exclame, les yeux brillants :

« Mmmm ! Délicieux ! D'où viennent-elles, ces tartes ? »

Et les trois autres de répondre à l'unisson :

« La Reine de cœur
Dans le jeu de cartes
Fit cuire des tartes
Pour notre bonheur. »

Refrain d'Idda :

« Bouif pom pom pom crac patapoum. »

« Elle n'est pas si méchante que ça, alors ? s'étonne Guillaume.

— En réalité, ce n'est pas pour nous qu'elle les a

préparées, mais pour ses invités. Alice les a chipées pendant qu'elles refroidissaient ! explique Adi en riant.

— Cette-satanée-Reine-voulait-lui-couper-laaa-tête,-mais-ça-s'est-arrangé,-maint'nant-elles-font-laaa-fête !

— Elles jouent même au croquet ensemble !

— Avez-vous du neuf à propos du grimoire ? » se renseigne Guillaume, une fois la dernière bouchée avalée.

À cet instant précis, un éclair roux fonce dans le groupe en criant à tue-tête :

« J'ai quelque chose à vous montrer ! »

Et Poil de Carotte s'étale sur le gazon, au milieu des reliefs du repas.

« Regardez ça ! » dit-il, en leur tendant une lettre.

Guillaume la lui prend des mains.

« Ce n'est pas indiscret de lire du courrier qui ne vous est pas destiné ?

— Je te donne l'autorisation », assure Poil de Carotte en se frottant le nez, dont le bout a pris un sacré choc.

La lettre est datée du 24 décembre 1881 :

« *Mon cher Poil de Carotte,*
Tu me demandes de t'envoyer La Henriade *de François-Marie Arouet de Voltaire, et* La Nouvelle

Héloïse de Jean-Jacques Rousseau. Les écrivains dont tu me parles étaient des hommes comme toi et moi. Ce qu'ils ont fait, tu peux le faire. Écris des livres, tu les liras ensuite. »

« C'est de mon père », précise Poil de Carotte.

Il se rengorge et poursuit, éclatant de fierté :

« Je vais recevoir cette lettre dans quelques années, quand je serai au lycée à Paris, et je suivrai le conseil de papa. (Je l'ai lu à la fin du livre.) Tu avais raison, Doudou ! Plus tard, je deviendrai célèbre et je raconterai mes malheurs à tout le monde ! Mme Lepic sera détestée par des générations d'enfants ! »

Il fronce avec insolence son petit nez retroussé, criblé de taches de son.

« Mais ça ne m'empêchera pas de lire quand même Voltaire et Rousseau.

— Voltaire et Rousseau..., murmure Guillaume, un peu mélancolique, Voltaire et Rousseau... »

Et il fredonne tout doucement :

« Je suis tombé par terre,
C'est la faute à Voltaire,
Le nez dans le ruisseau... »

Sa gorge se serre. Puis il repense au Petit Prince.

« Je retrouverai Gavroche quand je le voudrai, en lisant *Les Misérables,* murmure-t-il, réconforté. Et sa chanson, je lui demanderai de m'en apprendre tous les couplets !

— Vos petites affaires, c'est bien joli, *bouic crouc,* mais ça ne nous avance pas beaucoup ! » proteste Idda, en trépignant.

Ses talons s'enfoncent dans le gazon, où ils forment des colonies de trous.

« Nous devrions rassembler toutes les informations que nous avons, et voir s'il n'y a pas une piste..., suggère Doudou.

— Bonne idée ! »

Ils s'asseyent en rond.

« Commence, dit Adi à Idda.

— Moi, j'ai trouvé, *bouic,* un livre sans illustrations ni dialogues, *cric crac.* Mais la sœur d'Alice n'a pas voulu me le donner, *smoc* elle en avait besoin en classe.

— Dommage. Et toi, Doudou ?

— Moi, j'ai trouvé la lettre "E". »

Quatre regards interloqués se tournent vers lui.

« Quoi, la lettre "E" ?

— *A noir- E blanc- I rouge- U vert- Ooo bleu...* », récite Doudou sur un air de rap.

Puis il se calme, et ajoute :

« C'est le début d'un poème de Rimbaud. Pour lui, chaque voyelle correspond à une couleur.

— Tu veux dire que la couleur blanche du "E" est une indication pour nos recherches ?

— Sûrement, c'est Rimbaud lui-même qui me l'a donnée. Mais ne me demandez pas à quoi elle va servir, je n'en ai pas la moindre idée.

— Bon, on y reviendra plus tard. Et toi, Poil de Carotte ?

— À part la lettre de mon père, je ne vois pas. Mais je suis hors jeu, moi : je ne fais pas partie de votre groupe !

— *"Écris des livres, tu les liras ensuite",* murmure Guillaume d'un air pensif. J'ai un copain qui m'a presque dit la même chose, tout à l'heure. Lui, il parlait des "happy end".

— Tu ne nous as rien ramené d'autre, comme indication à propos du grimoire ? demande Adi.

— *"L'essentiel est invisible pour les yeux."* C'est un renard qui a baragouiné ça, dans son sommeil. Mais je ne sais pas si ça peut nous aider...

— OK... C'est tout ? » demande Adi, faisant le tour de l'assistance.

C'est tout. Personne n'a rien récolté d'autre.

« Pas-génial-les-aaa-mis ! Vous-voulez-mon-aaavis ? On est-nuls-archi-nuls ! On-n'a-pas-avancé-d'une-viiirgule ! » déplore Doudou.

Toute la bande se plonge dans un océan de réflexions, tournant et retournant les éléments du puzzle pour essayer d'en faire un ensemble cohérent.

« Voyons, reprend Guillaume très concentré, le grimoire serait donc...

— Un livre *blouc* sans illustrations ni dialogues...

— De couleur blanche...

— Où l'essentiel est invisible pour les yeux...

— Qu'il faudrait écrire pour le lire ensuite... »

Un bruit épouvantable souligne cette dernière phrase :

« *CROUIC BLOUC PADABAM COIN COIN !* hurle Idda qui, d'excitation, perd l'équilibre et se casse la figure.

— Heu... que veux-tu dire par là ? s'enquiert Adi, en l'aidant à se relever.

— J'ai trouvé, *blouc tchac* ! J'AI TROUVÉ ! »

Elle est toute rouge, échevelée, et fait des gestes désordonnés, ce qui la rend encore plus moche.

« Venez *blouic* avec moi », ordonne-t-elle sur un ton sans réplique.

Cette crise d'autorité est vraiment inutile : la curiosité dévore les quatre autres. Ils sont prêts à la suivre n'importe où, même dans une encyclopédie, s'il le faut. Même entre les pages d'un traité de philosophie, de science ou de mathématique. Ou dans une de ces œuvres arides qui traînent au fond de rayonnages, et que personne n'ouvre jamais parce qu'on n'y comprend rien !

18

Retour à la bibliothèque. Cette fois, Poil de Carotte est de la fête : en tant que futur auteur, il se sent concerné par la découverte du grimoire !

Tout est calme. Le gardien est retourné se coucher, remettant au lendemain le rangement du local. Dehors, l'aube commence à poindre, mais les cinq aventuriers sont bien trop impatients pour s'en préoccuper. Dans un instant, ils vont SAVOIR.

Idda, qui connaît le lieu comme sa poche, remonte les allées du plus vite qu'elle peut. « Tac, tac, tac » font ses petites chaussures sur le parquet ciré. Ce bruit remplit soudain Guillaume de nostalgie.

« Oh, Ida, Ida, te reverrai-je un jour ? » pense-t-il, le cœur serré.

Vision furtive, adorable, d'une troublante moinillonne posant sur la joue d'un garçon, par une nuit de pleine lune, deux lèvres légères, légères, comme des ailes de papillon.

Puis l'horloge a sonné trois coups, et les papillons se sont enfuis.

Idda sait très exactement où elle va. Sans hésiter, elle traverse la salle et se dirige vers une étagère, à côté du bureau de la bibliothécaire. Et là...

(Guillaume, Doudou, Adi et Poil de Carotte retiennent leur souffle.)

... elle tend la main, heu... le pied... non, la main... vers un gros ouvrage...

(Guillaume, Doudou, Adi et Poil de Carotte n'osent plus faire un geste. Ils ont les yeux qui piquent à force de fixer Idda.)

... l'extirpe péniblement...

(On entendrait voler une mouche s'il y en avait en cette saison.)

... et le brandit devant elle.

« Le *padagrouf* grimoire ! » annonce-t-elle solennellement.

Les autres se précipitent. Ils veulent voir, toucher, palper le trésor.

La couverture de cuir noir est douce comme une peau.

Huit mains fébriles s'agrippent à cette couverture, se bagarrent pour l'ouvrir...

Que vont-ils découvrir là-dedans ? Quel fantastique mystère ? Quelles révélations, quelles sorcelleries ? Quelles sulfureuses magies d'outre-tombe ?

« Hein ? s'exclame Guillaume, interdit.

— Mais...

— Il n'y a que des pages blanches à l'intérieur ! »

Pour une surprise, c'est vraiment une surprise. Et une déception aussi !

« C'était bien la peine de chercher comme ça, pour trouver un livre où il n'y a même pas de texte ! proteste Guillaume.

— Un vulgaire cahier aurait aussi bien fait l'affaire !

— Tout ce mal qu'on s'est donné pour rien ! »

Dominant les protestations, le grincement d'Idda s'élève, terrible :

« POUR RIEN *BOUIC CLAC GROUMPF* ? POUR RIEN ? MAIS VOUS ÊTES COMPLÈTEMENT *BLOUF* IDIOTS, MA PAROLE ! »

Elle serre le volume sur son cœur (enfin, sur ce qui lui sert de cœur, l'espace mal défini entre son cou et ses genoux).

« Durant des années, *blonc,* je me suis demandé à quoi pouvait servir ce *plouc dring* livre sans texte, que j'avais *tacatac* découvert par hasard, et que j'avais *pouet* rangé près de mon *tingueling* bureau. C'était *prrrt* évident, pourtant ! J'aurais dû comprendre ! Le livre vide... *glaglac.* Celui que tous les auteurs ont eu entre les mains avant de le remplir de leur *pilou-pilou* œuvre... »

Tout le monde l'écoute, bouche bée.

« Si j'avais *puic puic* réalisé cela plus tôt... », se lamente-t-elle.

D'un large regard, elle embrasse toute la bibliothèque.

« ... il y aurait des *cric* livres signés de mon *padaglonk* nom, au milieu de *clonc* ceux-là ! »

De hideux soubresauts agitent ses yeux déglingués, qui tournoient comme des astres dans leurs orbites. C'est sa manière à elle de montrer ses regrets.

Dans le lointain, le clocher de l'église sonne sept coups.

« C'est-l'heure-de-se-lever-pour-aller-à-l'ééé-cole !-Yo-les-copains,-va-falloir-qu'on-dééécolle ! remarque Doudou, bâillant à s'en décrocher la mâchoire.

— On ferait bien de filer discrètement, renchérit Guillaume : si les gens nous voient sortir d'ici, gare à nous !

— Surtout avec ces étagères cassées, ajoute Adi. On vous accusera de vandalisme !

— Bon, ben moi je vous quitte, dit Poil de Carotte en enjambant la couverture de son livre. Si vous avez besoin de moi, vous savez où me trouver ! »

Il se bouche le nez comme s'il plongeait dans une piscine, et disparaît après un ultime salut.

Par chance, il y a peu de monde, dans la rue, de si bon matin. Guillaume et Doudou se font petits petits pour se glisser hors de l'édifice, suivis d'Idda et Adi qui, elles, n'ont aucune précaution à prendre. N'ayant pas sommeil (les créatures imaginaires ne dorment pas, c'est bien connu !) elles se poursuivent sur le trottoir avec des éclats de rire.

« On rentre, Adi ? »

Et chaque garçon, suivi de son fantasme, reprend tranquillement le chemin de la maison.

19

Papa et maman, par chance, dorment toujours, mais le réveil ne va pas tarder à sonner.

Guillaume fait un brin de toilette, se change, et sort de sa chambre fin prêt au moment où sa mère s'apprête à l'éveiller.

« Te voilà bien matinal ! s'émerveille-t-elle. Tu m'as l'air drôlement pressé de reprendre les cours !

— Oui, dit Guillaume, surtout ceux de français. »

Sans commentaire, maman se dirige vers la salle de bains. La réplique de son fils l'épate. Ce zèle n'est pas dans ses habitudes, pourtant !

« Tu es sûr que ça va bien ? s'inquiète-t-elle, de loin.

— Impec' ! »

Un qui n'en revient pas non plus, c'est M. Pennac. L'attention avec laquelle Guillaume suit la leçon de grammaire, les efforts qu'il fait en dictée et en expression écrite le laissent pantois. Au lieu de rêvasser comme de coutume, ce paresseux-là travaille, ma foi ! Et comble du comble, demande à emprunter le dictionnaire de la classe, pour se perfectionner en vocabulaire. Alors là !

Des progrès spectaculaires couronnent ses efforts. En quelques semaines, son orthographe, d'exécrable qu'elle était, devient médiocre, puis passable, et bientôt assez bonne.

Le prof n'a jamais vu un revirement pareil !

Et ce n'est pas tout : il lit ! Et pas n'importe quoi, pas des bandes dessinées !

« *Les Misérables,* s'étonne M. Pennac, *Poil de Carotte,* Rimbaud ! Mais que t'arrive-t-il donc, mon garçon ? »

Guillaume sourit, ne répond pas. Qui, à part Doudou, comprendrait que chaque effort, chaque minuscule progrès le rapproche de la jeune fille aux longs cheveux ? Celle qu'il aime et qui, tel un papillon dans sa chrysalide, attend, sous l'horrible apparence d'Idda, qu'un peu de talent vienne la délivrer...

Enfin :

« C'est pour cette nuit », finit par chuchoter Guillaume à son copain Doudou.

Doudou ouvre des yeux ronds.

« Tu es sûr d'être prêt ?

— J'ai fait zéro faute au dernier contrôle d'orthographe.

— Et la ponctuation ?

— Je crois que j'ai fini par comprendre le système. Il suffit de savoir respirer, comme quand on fait du sport ou-bien-qu'on-rappe-mooon-pote ! » ajoute-t-il, avec un clin d'œil complice.

Le grand sourire immaculé distend la bouche sombre.

« Alors vas-y, camarade ! Fonce ! »

Adi, qui ne quitte jamais Doudou même pendant les cours – mais comme elle est invisible, personne ne s'en rend compte – apparaît derrière lui, toute fringante.

« Tu as besoin d'un coup de main ?

— Évidemment : dans un moment pareil, les amis, c'est très important !

— Yo ! »

Le même soir :

« Est-ce que Doudou peut rester dormir à la maison ? » demande Guillaume à sa mère.

En général, maman n'est pas d'accord, mais compte tenu des derniers résultats scolaires de son fils, elle aurait mauvaise grâce à lui refuser ce plaisir. D'autant que c'est la veille du week-end.

« À condition que vous ne bavardiez pas trop tard ! » précise-t-elle.

Guillaume promet. Doudou aussi. Et même Adi, mais maman ne l'entend pas. Ne pas tenir une promesse, est-ce vraiment très grave ?

Dans un coin de la chambre, Idda est ratatinée, comme une vieille poupée à moitié bancale remisée au fond d'un coffre à jouets. Le nounours de Guillaume – celui avec lequel il dormait quand il était petit, et qu'il ne se décide pas à jeter, bien que sa peluche soit bouffée aux mites – lui tient compagnie, ainsi qu'un train électrique démoli, une boîte de « Lego » dont il manque la moitié des pièces, et des albums de BD déchirés. Triste environnement, pour un fantasme !

Elle en a tellement marre d'attendre que, depuis la découverte du grimoire, elle s'est plongée dans une sorte de léthargie : elle ne parle plus, ne rit plus ; elle se fait toute petite, toute discrète, pour ne pas déranger Guillaume dans son travail. Parole, elle est si effacée que ce dernier avait presque oublié son encombrante présence !

C'est Doudou qui la tire sans ménagement de sa somnolence :

« Debout, fainéante ! C'est le grand jour !

— Le grand soir, plutôt ! » le corrige Adi.

Idda ouvre un œil, le tourne dans tous les sens, produit son vilain son d'automate détraqué « *blouic broum clic clac* », et regarde ses compagnons l'un après l'autre.

« Vous êtes sûrs *pilou pilou* qu'il est prêt ? » s'inquiète-t-elle.

Elle n'a aucune envie de servir à nouveau de sujet d'expérience ! Une fois lui a suffi !

Dehors, le ciel charrie de gros nuages noirs, épais, chargés de pluie. Un orage se prépare. Sur les fils électriques, de mornes bandes d'oiseaux attendent l'ondée.

L'appartement d'en face n'a pas été reloué, et c'est tant mieux : Guillaume ne le supporterait pas ! Voir une autre silhouette que celle d'Ida se profiler derrière les rideaux de dentelle lui fendrait le cœur !

La fenêtre obscure troue la façade, comme un œil aveugle.

« Tu as des bougies ? demande Adi.

— Des bougies ? Pour quoi faire ?

— Pour la cérémonie. Toutes les cérémonies se font à la lueur de la bougie, tu ne le savais pas ? »

À pas de loup, Guillaume va en chercher dans la cuisine.

« On n'a pas intérêt à ce que mes parents nous

surprennent, dit-il en les allumant : ils ont toujours la trouille que je mette le feu à la maison ! »

Les petites flammes tremblantes qui, seules, illuminent la pièce, attestent de la gravité du moment.

« Ya-une-ambiance-de-film-d'hooorreur ! Chouette-les-copains,-j'sens-qu'on-va-avoooir-peur ! se réjouit Doudou, avec un frisson d'excitation.

— Va chercher le grimoire », dit Adi.

Il se trouve dans le placard, à côté du dictionnaire. Guillaume prend les deux, les installe sur son bureau.

Un éclat de flash fend la nuit, suivi d'un grondement de tonnerre. Une pluie serrée lui succède aussitôt. En face, la façade aveugle a l'air de pleurer.

Tac, tac, tac, font les gouttes d'eau en frappant la vitre. Guillaume pense aux talons d'Ida.

« On y va ? » fait Adi.

Guillaume hoche affirmativement la tête. Il est très impressionné. Aussi impressionné que devant un contrôle, et même plus : les enjeux ne sont pas les mêmes. Un résultat scolaire, c'est tout de même moins important qu'une résurrection !

Il ouvre le grimoire, dont la couverture de cuir noir est douce comme une peau. À l'intérieur, le papier blanc luit mystérieusement.

Comme luit le sable du désert sous la lune.

« L'essentiel est invisible pour les yeux. »

Invisible, peut-être, mais il existe ! Il existe,

l'essentiel, il palpite au creux de ces pages ! Pour le révéler, il suffit d'écrire...

« Alors ? » s'impatiente Adi.

Second éclair, second coup de tonnerre. Guillaume pose son stylo sur la feuille.

« Je raconte du vrai ou de l'imaginaire ? demande-t-il.

— Ça, mon pote, c'est à toi de voir !

— Et toi, Idda, qu'en penses-tu ? Tu es la première concernée, il me semble !

— *Blouic badaboum* », fait Idda humblement.

Mais ce n'est pas difficile de voir qu'elle a quelque chose derrière la tête.

Adi a compris. L'intuition féminine, sans doute. Ou la solidarité des fantasmes.

Elle se lève, s'approche de Guillaume, lui glisse quelque chose à l'oreille. « D'accord ! » dit Guillaume.

Et il commence à écrire.

« Il était une fois une jeune fille qui rêvait d'être écrivin... »

« Aïe ! grogne Idda, comme piquée par un moustique.

— Il y a un A, à "écrivain" ! » souffle Adi.

Ça commence bien : une rature dans le grimoire !

« Oh zut ! râle Guillaume.

— Utilise ton dictionnaire, mec ! » lui suggère Doudou.

180

Adi se serre contre ce dernier en frissonnant : et si les choses se passaient encore mal, cette fois-ci ? La pauvre Idda ne survivrait pas à un second échec !

« Regarde comme elle a mauvaise mine », chuchote la petite Black à son compagnon.

Idda s'est allongée sur le lit. Elle est faible et pâle. Des spasmes la tétanisent. C'est une grande, grande malade.

« Pourvu qu'il réussisse ! » souhaite Adi de toute son âme.

« ... *écrivain. Mais pour cela, il fallait qu'elle découvre le grimoire. Qui est...* »

Idda fait une grimace affreuse.

« Pas de point ! crie Adi.

— Jamais de point entre une proposition principale et une subordonnée ! » renchérit Doudou.

Guillaume transpire à grosses gouttes.

« Une virgule, alors ?

— Si tu veux, c'est une question de respiration. À cet endroit-là, la virgule est facultative.

— Je la mets ou je la mets pas ? s'énerve Guillaume.

— Essaie des deux manières, tu prendras la meilleure, dit Adi.

— *"... le grimoire qui est la clé de l'écriture... le grimoire, qui est la clé de l'écriture..."*

— Pas de virgule, tranche Adi.

— Si ! réplique Doudou.

— Qu'en penses-tu, Idda ? »

Idda s'est endormie. Ce débat ne la regarde pas : les deux versions sont justes. Quelle que soit la décision prise, elle n'aura pas à en souffrir.

« Allez, je n'en mets pas, décide Guillaume.

"... le grimoire qui est la clé de l'écriture."

— À ce rythme-là, on n'aura pas fini avant demain matin ! soupire Adi.

— *"Or, ce grimoire se trouvai...* (ais ? ait ? Troisième personne du singulier : ait !)... *dans la bibliothèque. Comme la jeune fille, qui s'appelait* (ait également !) *Ida* (un seul D) *n'osait pas y aller toute seule, elle fit* (accent circonflexe ou pas ?)...» »

Il se tourne vers ses amis.

« Jamais au passé simple », dit Doudou.

L'orage maintenant se déchaîne. Éclairs et coups de tonnerre se succèdent presque sans interruption. Le crépitement de la pluie devient assourdissant.

« Yo-les-copains-c'est-géééant !-Une-vraie-nuit-de morts-viiivants ! ne peut s'empêcher de commenter Doudou.

— Chut ! le rabroue Adi.

— *"... elle fit appel* (deux P !) *à son voisin d'en face, qui était amoureu* (X ? oui !) *d'elle, et ils partèrent...»*

— Partirent ! crient Adi et Doudou en chœur,

tandis qu'Idda se redresse, en proie à une crampe subite.

— *"... et ils partirent ensemble à la recherche de se...* heu... *ce grimoire."* »

Guillaume s'arrête, s'essuie le front. Il a besoin d'encouragements pour soutenir le terrible effort qu'il fournit.

« Un chewing-gum ? lui propose Doudou.

— Ce n'est pas de refus.

"Je ne suis pas notaire,
C'est la faute à Voltaire,
Je suis petit oiseau,
C'est la faute à Rousseau" », fredonne Guillaume en mâchant la gomme parfumée à l'anis.

Réconforté, il se remet à l'ouvrage.

« *Je vais vous décrire Ida, car elle était très belle. Elle avait de longs cheveux bruns qui tombaient sur ses épaules, et un joli visage. Sous sa cape noire, elle portait un jupon qu'elle avait échangé contre* Alice au Pays des Merveilles, *et des petits souliers qui faisaient chanter le pavé.* »

Sans faute ! Adi et Doudou applaudissent.

« Tu vois quand tu veux, mon pote !

— T'as même fait une figure de style : le pavé qui chante, quelle charmante expression ! Tu t'améliores ! »

Avec un sourire victorieux, Guillaume reprend la plume.

« *Ils sont partis tous deux vers la bibliotèque...*

— Un "H" ! braille Adi.

— *... bibliothèque, main dans la main. C'était beau comme un rêve. Ils sont rentrés par une petite porte dérobée* (oh, le joli mot !) *et ont pénétré dans l'univers des livres. En passant, le voisin qui s'appelait Guillaume regardait les titres des livres. Les* Misérables, Poil de Carotte, Alice au Pays des Merveilles, Poésies *d'Arthur rimbaud...*

— Majuscule !

— *... d'Arthur Rimbaud. Et Guillaume se disait qu'un jour, il lirait tous ces livres.*

— Bravo pour le conditionnel ! » applaudit Doudou.

C'est fou comme, au fur et à mesure que Guillaume écrit, les choses deviennent plus faciles. Les mots arrivent d'eux-mêmes sans qu'il ait besoin de les chercher, et les images que conçoit son esprit n'ont aucune peine à se traduire en phrases.

Comme lorsqu'il a créé Idda, Guillaume se laisse peu à peu entraîner par le stylo-à-voyager-dans-le-temps. Mais cette fois, le style est ailé, limpide. L'ivresse de l'écriture se double d'habileté. Pour être pilote de course, il ne suffit pas d'aimer la vitesse, il faut aussi savoir conduire !

« Quand Ida a trouvé le grimoire, qui était rangé dans une étagère, elle a poussé un cri de joie, comme si c'était un trésor. Elle l'a emporté dans ses bras. Guillaume et elle sont sortis de la bibliothèque. Dehors, il faisait très calme. Ils se sont assis sur un banc, ils se sont regardés... »

Il hésite à achever sa phrase. Ce qu'il a envie de mettre est si intime... Même devant ses meilleurs copains, on n'étale pas ce genre de chose !

Oh, et puis zut ! La tentation est trop forte !

« ... et tout doucement, leurs lèvres se sont rapprochées. Un tendre baiser les a unis. »

« Oh ! Regardez Idda ! » s'écrie Adi.

Idda sommeille toujours, mais elle sourit. Et son sourire, au lieu d'être hideux, difforme comme d'habitude, ressemble à un accent circonflexe inversé. Deux ravissantes fossettes l'encadrent. Les trous qu'elle avait au milieu du nez, par contre, ont disparu.

« Continue à écrire ! » s'écrie Adi, dans tous ses états.

Guillaume replonge dans le grimoire. Mais il a des difficultés, maintenant, à s'absorber. La métamorphose d'Idda l'intéresse davantage que son texte !

« ... C'étais merveilleus on était contents... », écrit-il maladroitement.

Aussitôt Idda ouvre les yeux. Elle louche plus que jamais. Ses pupilles ont l'air de faire du trempolino !

« Attention ! beugle Adi.

— Applique-toi, mon vieux ! Tu vas tout faire rater ! » s'énerve Doudou.

Ce n'est pas facile, mais il le faut ! Pour l'amour d'Ida, Guillaume s'efforce d'être attentif :

« C'était merveilleux, nous étions heureux. Nous savions que notre amour serait éternel. Je tenais dans mes bras la plus fantastique des jeunes filles. Et cette jeune fille, en plus, allait accomplir son rêve puisqu'elle avait trouvé le grimoire.

La rue était déserte. Nous marchions droit devant nous, sans savoir où nous allions. Peu importait, d'ailleurs, puisque nous étions ensemble. Quand on s'aime, on est bien n'importe où !

Elle a retiré sa capuche. J'ai respiré ses cheveux. Ils sentaient la vanille, la cannelle, la violette. Ce parfum-là, c'était le parfum du bonheur. »

Une main très douce se pose sur l'épaule de Guillaume. Il se retourne, surpris, et pousse une exclamation de joie. Elle est là, devant lui. Avec ses longs cheveux bruns, son sourire, ses jolis yeux noisette. Et ses fossettes où l'on a envie de poser des baisers. Comme avant sa mort. Comme avant.

« Ida... », murmure-t-il.

Elle sent la vanille, la cannelle, la violette.

Ce parfum-là, c'est le parfum du bonheur.

PAPIER À BASE DE FIBRES CERTIFIÉES

Le Livre de Poche s'engage pour l'environnement en réduisant l'empreinte carbone de ses livres. Celle de cet exemplaire est de : **150 g éq. CO$_2$** Rendez-vous sur www.livredepoche-durable.fr

« Pour l'éditeur, le principe est d'utiliser des papiers composés de fibres naturelles, renouvelables, recyclables et fabriquées à partir de bois issus de forêts qui adoptent un système d'aménagement durable. En outre, l'éditeur attend de ses fournisseurs de papier qu'ils s'inscrivent dans une démarche de certification environnementale reconnue. »

Édité par la Librairie Générale Française - LPJ
(58 rue Jean Bleuzen, 92178 Vanves Cedex)

Composition Jouve
Achevé d'imprimer en Espagne par CPI
Dépôt légal 1re publication juillet 2014
5.91112.9/02 - ISBN : 978-2-01-000900-6
Loi n° 49-956 du 16 juillet 1949 sur les publications destinées à la jeunesse
Dépôt légal : juillet 2015